中國古代名家集

李璟李煜詞

詹安泰 校注

人民文學出版社

圖書在版編目(CIP)數據

李璟李煜詞/詹安泰校注. —北京:人民文學出版社,2020
(中國古代名家集)
ISBN 978-7-02-015859-1

Ⅰ. ①李… Ⅱ. ①詹… Ⅲ. ①詞(文學)—作品集—中國—南唐
Ⅳ. ①I222.843.2

中國版本圖書館 CIP 數據核字(2019)第 250745 號

責任編輯　葛雲波
裝幀設計　李思安
責任印製　徐　冉

出版發行　人民文學出版社
社　　址　北京市朝内大街 166 號
郵政編碼　100705
網　　址　http://www.rw-cn.com

印　　刷　北京中科印刷有限公司
經　　銷　全國新華書店等

字　　數　135 千字
開　　本　880 毫米×1230 毫米　1/32
印　　張　5.875　插頁 2
版　　次　1958 年 3 月北京第 1 版
印　　次　2020 年 3 月第 1 次印刷

書　　號　978-7-02-015859-1
定　　價　29.00 圓

前言

一

十世紀前半期，我國歷史上又出現了一個大分裂的局面，這就是『五代十國』時代。『五代』是指後梁、後唐、後晉、後漢、後周五個朝代。其中除後梁朱氏、後周郭氏外，後唐李氏、後晉石氏、後漢劉氏都不是漢族。自農民起義軍的叛徒朱全忠起，他們在唐帝國的統治政權被農民起義軍摧毁後，相繼統治了北中國五十三年。這五十三年中，他們經常進行大混戰，到處焚掠屠殺，弄到整個北中國都給戰爭與死亡的氣氛籠罩著，農業生產和工商業發展都受到極其慘重的破壞。

這時南方割據的九國（吳、吳越、前蜀、楚、閩、南漢、荆南、後蜀、南唐，連沙陀人劉旻在太原所建立的北漢計算，就是『十國』）都是漢人建立的政權，未受西北各落後部族的侵擾，諸國間的戰爭也少，因而人民生活得到相對的安定，仍能繼續生産。特别是西蜀和南唐兩個政權，吸收了關中一帶和中原一帶的逃亡，使勞動力不斷增加，而當時個别的統治者還積極提倡生産，務農桑，興水利等等，因此，這兩國的生産力尤其發展，呈現出經濟繁榮的景象，成爲當時的兩個經濟中心地區。

詞是隋、唐以來的一種新興的配合音樂的文學體制，每首各有調名，每調各有定式，一般説，每字的平仄都有規定，後來有些調子中的某些字還規定四聲（平上去入）。它所配合的音樂，主要是從西北各族輸入的『燕樂』。它是在我國民歌和詩體的基本句式上加以變化的一種新形式。它的産生和發展都是和都市經濟、商業發達分不開的。西蜀和南唐既然是當時的經濟中心地區，因而詞人的創作也集中在這兩個國度裏。

西蜀的詞，備見於趙崇祚所編的《花間集》（集中除温庭筠、皇甫松外，幾乎全爲西蜀人或流寓西蜀者）。南唐詞的集子，流傳下來的只有馮延巳的《陽春集》和這本李璟、李煜父子的《南唐二主詞》。

二

李璟（九一六—九六一），字伯玉，初名景通，徐州人，或説湖州人。本姓不明〔一〕，父親李昪曾爲徐溫的養子，名徐知誥，後來纔改姓李，名昪。璟是昪的長子，有四弟：景遷、景遂、景達和景逷。長子在傳統上是應該繼承父位的，因爲景遷是吴王的女婿，得李昪的鍾愛，又有權臣宋齊丘派擁護他〔二〕；景遷死後，李昪又器重景達，欲傳位於他，病危時，還有密信召景達，醫官吴庭紹把此事告知李璟，纔使

〔一〕陸游《南唐書》、《江南野史》、《唐餘紀傳》均認李昪是唐憲宗（李純）第八子李恪的玄孫。《舊五代史》、《周世宗實錄》均認李昪是唐玄宗（李隆基）第六子李璘的後裔。《新五代史》、《十國紀年》、《十國春秋》均認李昪出身微賤，先世不是唐代的宗室。《吴越備史》則以李昪本是湖州人，姓潘。夏承燾《南唐二主年譜》引《江南别録》所載李昪第四子景達先娶李德誠女事，證明李昪如果本來姓李，必不和李德誠通婚。從這許多不同的説法看來，李昪本姓什麼還是一個疑問。

〔二〕見《江南録》。

人追回密信。他們兄弟之間是矛盾重重的。所以當立他爲太子時，他再三謙遜； 將嗣位時，又要讓給景遂； 既即位了，還宣稱兄弟繼立[一]； 即位之初，就改元『保大』，希望不動干戈，保持太平[二]。就這些情況看來，一方面可以看出李璟在統治集團内部的處境是相當困難的，另一方面也可以看出他的性情畢竟比較溫厚，和一般做了帝王就任意殺戮的有所不同。

李璟於九四三年（二十八歲）繼李昪做南唐的小皇帝。九五八年因受周威脅，遣使上表，願以國爲附庸，纔去帝號，稱南唐國主（史稱中主或嗣主）。九六一年卒，在位凡十九年。在這十九年中，初時還有他父親的餘威，將士用命，擴地很廣，在原有的二十八州外，更攻取了建、汀、漳、泉、劍等州，共三十五州，號爲大國，聲勢很壯[三]。九五五年以後就不同了，他奉表稱臣於周，周世宗（柴榮）下詔數南唐罪狀，一再親征南唐； 久在醞釀著的以宋齊丘爲首和以鍾謨爲首的黨爭又達到尖銳化的境地，太弟景遂爲太子弘冀所毒殺，不久弘冀也死了，家庭的變化也更加複雜。在這樣的内外矛盾都在急劇轉化的時候，南唐國勢之所以日就削弱以至於萎靡不振，就完全可以理解的了。因此，李璟自九五五年以後的六年中實處於相當危苦的境地。

[一] 據馬令《南唐書》、陸游《南唐書》和《五國故事》。

[二] 見《釣磯立談》。

[三] 據馬令《南唐書·建國譜》。

李璟本來就是一個『天性儒懦，素昧威武』的人〔一〕，政治上的失敗是毫無足怪的。可是，他『多才藝，好讀書』〔二〕，『時時作爲歌詩，皆出入風騷』〔三〕，而當時南唐文士如韓熙載、馮延巳、李建勳、徐鉉等又時在左右，相與講論文學，因而他在文學藝術上卻有相當高的成就。遺憾的是，他没有什麽集子（各書均無著録），流傳下來的著作，在文章方面，只有後人輯録的書、表、小札等十七篇〔四〕，還未必都是李璟自己寫的；在詩詞方面，詩，只有《全唐詩》録出的一首七律，一首不完整的七古和一些斷句；詞，只有《直齋書録解題》著録《南唐二主詞》一卷中所指出的開頭四首——《應天長》、《望遠行》和兩首《浣溪沙》而已〔五〕。

李煜（九三七—九七八），初名從嘉，字重光，號鍾隱、蓮峯居士等〔六〕，係李璟第六子。他天資聰穎，

〔一〕見《江南野史》卷二。

〔二〕見陸游《南唐書》卷二。

〔三〕見《釣磯立談》。

〔四〕《全唐文》録十二篇，管效先《南唐中主文集》增入簡短小札、書、表五篇，共十七篇。

〔五〕陳振孫《直齋書録解題》二十一《南唐二主詞》一卷，『中主李璟、後主李煜撰。卷首四闋：《應天長》、《望遠行》各一、《浣溪沙》二，中主所作，重光嘗書之，墨跡在盱江晁氏，題云「先皇御製歌詞」。余嘗見之，於麥光紙上作撥鐙書，有晁景迂題字。今不知何在矣。餘詞皆重光作。』

〔六〕李煜的别號很多，有鍾山隱士、鍾峯隱居、鍾峯隱者、鍾峯白蓮居士、蓮峯居士等，考詳夏承燾的《南唐二主年譜》。

好讀書，『精究六經，旁綜百氏』〔一〕，又喜歡佛教〔二〕。文章、詩、詞樣樣通，還『洞曉音律，精別雅鄭』〔三〕，工書、善畫，尤精鑒賞〔四〕，可以説是一個相當全面發展的文學藝術家。他十八歲時，和周宗的女兒娥皇結了婚（即昭惠后，又稱大周后）。娥皇長得很漂亮，通書史，善音律，兼擅歌舞，因此李煜夫婦間的感情很好。娥皇死時，李煜曾親撰誄文，裏面對她的容貌、體態、才能，以及兩人之間的恩愛生活都有生動具體的描寫；李煜有不少詩歌都是爲了娥皇作的〔五〕。娥皇死時，李煜二十八歲，過了三年，立娥皇的妹妹爲小周后。其實，小周后當她姊姊抱病時已經入宫和李煜私通了，李煜詞中三首《菩薩蠻》都可能爲小周后作〔六〕。

李煜本是一個愛好文學藝術的人，又過著這樣的生活，於是就憑著他的特殊條件從各方面來製造美麗的氣氛：如以銷金紅羅罩壁，以綠鈿刷隔眼，糊以紅羅，種梅花其外；梁棟、窗壁、柱栱、階砌並

〔一〕見徐鉉《騎省集》卷二十九，大宋左千牛衛上將軍追封吴王隴西公墓志銘。
〔二〕見陸游《南唐書》卷十八《浮屠傳》、《江南餘載》卷下等。
〔三〕見徐鉉《騎省集》二十九，大宋左千牛衛上將軍追封吴王隴西公墓志銘。
〔四〕考詳夏承燾《南唐二主年譜》。
〔五〕馬令《南唐書》卷六《女憲傳·昭惠周后》。
〔六〕馬令《南唐書》卷六《女憲傳·繼室周后》指出『花明月暗籠輕霧』首；《古今詞話》更指出『銅簧韻脆鏘寒竹』首（《古今詞話》引《南唐書》提出兩首，實則《南唐書》僅指出『剗襪步香階』兩句）；夏承燾認爲《蓬萊院閉天台女》首也可能是爲小周后作，我同意這種看法。

作隔箔，密插雜花；又於宫中懸大寶珠之類〔一〕，充分表露出帝王家裏的豪奢生活的面貌。

儘管李煜做了小皇帝，過著豪奢的生活，他對待家内人的性情還是很真摯、仁厚的。不過他和他父親的具體情況卻有不同：他父親的兄弟之間存在著許多矛盾，處境相當困難，他呢，幾個哥哥都早卒，對他繼承父位方面根本没有什麼矛盾，因此，在年輕時和做小皇帝後若干年還可以過著美滿、愉快的生活。他對待妻子兄弟都很好，看來都有相當深厚的感情。當然，他這種感情的建立，也可能受了他的諸父間的深刻矛盾，和他長兄弘冀毒死叔父景遂後不久自己也死去（弘冀在毒死景遂之後一個月也死，恐非善終，史迹已無可考），這些客觀事實的影響。他除寫輓辭和悼詩傷痛他的兒子仲宣的夭折和自稱鰥夫爲長文悲悼大周后之死以外，他的八弟從益出鎮宣州時，他率帶一些臣子餞别綺霞閣，賦詩並作《送鄧王二十六弟牧宣城序》送他〔二〕，他的七弟從善朝宋，給宋太祖（趙匡胤）留在汴京時，他上表請求從善歸國，宋太祖不許，他很難堪，罷掉四時的宴會，並作《卻登高文》以見意，其中有這樣的句子：『愴家艱之如燬，縈離緒之鬱陶。陟彼崗兮企予足，望復關兮睇予目。原有鴒兮相從飛，嗟予季兮不來歸！空蒼蒼兮風淒淒，心躑躅兮淚漣洏！無一歡之可樂，有萬緒以纏悲。』淒惻酸楚，不堪卒讀。這就不是没有深厚感情的人寫得出來的了。他這時期，還寫了不少傷離惜别的小詞。這種種

〔一〕據《五國故事》卷上、《清異錄》、《默記》卷中。

〔二〕按從益係李璟第八子，序稱『二十六弟』，詩稱『二十弟』，均不符合（序和詩自相矛盾，必有一誤）。這種稱謂，或係連堂、從兄弟合計以誇示家門的昌盛，不是同父之子的行次。

的表現，求之過去的封建帝王是很不易得的。

李煜二十五歲（九六一）繼承父業做南唐國主，那時正當宋太祖建隆二年，南唐已奉宋正朔稱臣了。就當時南唐的情勢看，已處在一個屬國的地位，即使李煜是一個具有政治長才的君主，也還不易挽救國家的頹勢，何況他只是一個既不能任用賢能又不能整軍經武的文學藝術家！這樣，他對於北方强大的宋，就只有年年納貢（甚至有一年中就遣使至宋進貢三次的情形〔一〕），委曲求全；吟詠宴遊，苟且偷安；同時，崇奉佛教，『以無爲之心，示好生之德』〔二〕，來求得精神上的安慰。南唐之不能復興，我想，他應該是看得到的（徐鍇臨死時，對家人説：『吾今乃免爲俘虜矣！』李煜很器重徐鍇，怕不會没有這種認識的。）他最大的希望，不過是不受眼前虧，拖延些時間，不要自己做亡國的俘虜而已。因此，他在位十五年中，宋怎樣挾制和壓迫，他完全接受（如迫使南唐後主降稱江南國主，貶損儀制，改變朝服，降封子弟等等，都是有辱國體的大事，他都忍受下去），只有詔他入朝一事，他就不敢冒險。等到宋遣曹翰帶兵出江陵，曹彬、李漢瓊、田興祚帶水軍相繼進發，潘美、劉遇、梁迥復帶水軍浩浩蕩蕩地攻打南唐了，他才感到受嚴重的威脅，一面叫他弟弟和潘慎修大量進貢，一面築城聚糧，準備固守；宋兵已奪取池州了，他才下令戒嚴，不奉宋的正朔，表示不臣事於宋；直至宋和吴越會師圍金陵，他纔命陳大雅突圍召朱令贇帶十五萬兵和宋兵交鋒（可以説自李煜在位以來，真正和宋以兵鋒相見於戰場

〔一〕見《十國春秋》卷十七。
〔二〕韓熙載上表中語。

上的，這是第一次，但也是最後的一次）。這一切，都可以看出他如何企圖苟全生命，如何駭怕戰爭，他保全南唐的信心是如何的低落。朱令贇既然戰死，他命張洎作蠟丸帛書求救於契丹又不能抵達，眼見亡國俘虜的命運已經逃不掉了，他想到囚徒生活的痛苦，也曾意圖自殺，但他又怎能有自殺的勇氣？等到金陵城陷，他就帶領殷崇義（即湯悅）等肉袒出降，並子弟等四十五人隨宋兵北上。第二年正月到達汴京，白衣紗帽待罪於明德樓下，受宋封爲右千牛衛上將軍違命侯。時九七六年（宋開寶九年），他剛好是四十歲。

從此以後，李煜在汴京過著俘虜的生活了。在他過著二年多的俘虜生活中，曾上表宋太宗（趙光義）。趙匡胤於李煜到汴京那年的十月死去，弟光義繼立，改元太平興國），請派他的舊臣潘慎修做他的書記，其中有這麼說：『臣亡國殘骸，死亡無日，豈敢別生僥覬，干撓天聰？只慮章奏之間，有失恭慎。』〔一〕又寄給金陵舊宮人的信有這麼說：『此中日夕只以眼淚洗面。』〔二〕又徐鉉見他時，他相持大哭，默不作聲，忽然長嘆：『當時悔殺了潘佑、李平！』〔三〕可以看出他當時是懷著多麼悲苦和悔恨的心情！他這種心情，很真實地刻志在他這時期的小詞中，因而他這時期的小詞最具有感染人的力量。

九七八年即太平興國三年，七月七日，李煜四十二歲生日的時候，趙光義就叫弟弟趙廷美賜牽

〔一〕見王銍《四六話》。
〔二〕見王銍《默記》、《樂府紀聞》。
〔三〕見王銍《默記》卷上。

機藥毒死他。七夕賜藥，服後毒發，死時已是八日的時辰了。他死的原因，一般都認爲他入宋後還寫《虞美人》、《浪淘沙》等詞。真的，李煜是一個最忠實於文學藝術的創作的人，文學藝術在他整個生命中佔著很重要的地位，特別是詞，他把詞作爲抒發真情實感的工具，他寫這些詞可能是速死的原因之一。不過，李煜既然有悲苦和悔恨的心情，即使没有寫這些詞，怕也是很難得到善終的。

李煜著有文集三十卷，雜説百篇〔一〕。『文有漢魏風』〔二〕，『雜説百篇，時人以爲可繼《典論》』。〔三〕但書多散失〔四〕。文章可考見的有《大周后誄》、《卻登高文》、《送鄧王二十六弟牧宣城序》、《上宋太宗乞潘慎修掌記室手表》、《即位上宋太祖表》、《乞援師表》、《書述》、《書評》、《南唐金銅蟾蜍硯滴銘》、《答張泌諫手批》、《遺吳越王書》和《批韓熙載奏》。有人認爲其中《即位上宋太祖表》、《乞緩師表》是當

〔一〕據徐鉉的《李煜墓志銘》。

〔二〕見《江南别録》。

〔三〕見馬令《南唐書》卷五《後主書》。

〔四〕宋時已不全。王堯臣等《崇文總目》别集類二有《李煜集》十卷，别集類五有《江南李主詩》一卷。尤袤《遂初堂書目》有《李氏雜説》；又樂曲類有《李後主詞》。鄭樵《通志略·藝文六》有《雜説》六卷，注『李後主撰』；《藝文八》有《李後主集》十卷、《李後主集略》十卷。元脱脱等《宋史·藝文志四》有南唐後主李煜《雜説》二卷（夏承燾謂應從《通志》作六卷）；《藝文志七》有《李煜集》十卷，又《集略》十卷，詩一卷。明陳第《世善堂藏書目録》卷下尚有《李後主集》十卷。到清康熙時編纂《全唐詩》，於後主李煜下就説『集十卷，詩一卷失傳』了。

時的詞臣寫的，《南唐金銅蟾蜍硯滴銘》真僞尚難判定〔一〕。詩可考見的，有《全唐詩》所録十八首，並斷句三十二句。其中《渡江望石城》一首，與事實不甚符合，有人認爲是吴王楊溥作〔二〕。流行最廣遠，影響最大的是他的詞。李煜詞專集始見於宋尤袤《遂初堂書目・樂曲類》，是否在徐鉉於李煜墓志銘中所稱的『文集三十卷』之内，已不可考。和他父親的詞合編的《南唐二主詞》，始見於宋陳振孫《直齋書録解題》卷二十一。王國維校補南詞本《南唐二主詞跋尾》，認爲南詞本《南唐二主詞》，即是《直齋書録解題》所著録、宋長沙書肆所刊行的本子。由於封建文人認爲詞是小道，輯録不很認真，往往真僞淆雜，而後來的人，又意在輯佚，寧濫勿缺，因而裏面也攙入了一些别人的詞。可是李璟、李煜父子的詞的真實面貌卻從這個集子裏可以清楚地看出來，我們要欣賞它，研究它，評價它乃至批判地接受它，這個集子還是替我們提供了應有的材料的。

三

李璟現存的四首詞中的具體表現是：《應天長》寫孤零無依的苦悶，《望遠行》寫所懷未遂的心願，《浣溪沙》兩首寫無比深長的愁恨。而這些思想感情的表現，都是以男女之間的情事作爲抒寫的内容的。這種不是直截了當地表現作者的思想感情，是藝術創作的特點之一，尤其在小詞裏更普遍地使

〔一〕說見夏承燾《南唐二主年譜》。

〔二〕《江南餘載》、《江表志》、《五國故事》均以爲是楊溥作，李調元《全五代詩》以此詩歸入楊溥詩中。

用著這種間接的表現方法。儘管作品裏所描繪的生活現象不一定是實際的情況，然而從它裏面所體現出來的思想感情和作者所要表達的思想感情應該是一致的。

我們知道，李璟雖然做了小皇帝，他在未即位以前和即位以後，有不少時候的處境是很困難的。假如當那心裏很不好過而又不便把事體明白說出的時候，就會運用小詞這種文學形式，具象地而又曲折地表露出來。這幾首小詞都可能是在這些情況之下産生出來的，因爲裏面包藴著這樣的思想感情。我們如果從他困難的處境，特别是周對他的迫脅這些歷史事實聯繫起來看，就可以摸出一些線索（僅僅是作爲産生這些思想感情的線索看，穿鑿附會地比附歷史事實，那是不妥當的）。四首都具有很充實的生活内容，《浣溪沙》兩首更滲透悲憤的情調，應該是他後期的作品。這兩首小詞已明顯地標志著作者特有的藝術風格：第一，詞句間很少修飾，已擺脱了『鏤玉雕瓊』的習氣；第二，層次轉折多，又能靈活跳蕩，没有晦澀或呆滯的毛病；第三，意境闊大，概括力强，拆開來看，各個句子都有獨立的意境；合起來看，卻從各種各樣的意境中來表現同一的主題；第四，感慨很深，接觸到自己的感受時，都傾瀉出無可抑遏的熱情。這一切，在和他同時的詞的結集——《花間集》〔二〕裏是找不到的。《花間集》裏，像韋莊的作品，也少修飾，但意境不很闊大；像温庭筠的作品，也有層次轉折較多的，但詞句雕鍊修飾，陷於晦澀呆滯，很不好懂；像鹿虔扆的《臨江仙》，感慨也深，但色彩很濃，也多修飾，而且他的四首作品中只有這一首有較深的感慨，此外都是旖旎風流之作。李璟詞這種特有的風格，可以説

〔二〕趙崇祚編《花間集》，歐陽炯爲作序，在後蜀廣政三年（九四〇）四月，時李璟二十五歲。

是他的藝術的獨創性的表現，因此他流傳的詞雖很少，而歷來對它的評價卻相當高。例如王安石對『細雨夢回鷄塞遠，小樓吹徹玉笙寒』的評價，甚至認爲高於李煜的『恰似一江春水向東流』（《雪浪齋日記》）。這當然是王安石個人主觀的看法，但總可以看出後人把李璟詞擡到怎樣高的地位。王國維在《人間詞話》裏説：『詞至李後主而眼界始大，感慨遂深，遂變伶工之詞而爲士大夫之詞。』我認爲李煜詞這種特徵，有部分是受他父親的影響，繼承他父親的傳統而加以發揚光大的。當然，他們父子的小詞所以有這樣卓越的成就，和他們的具體環境、文學素養以及内外矛盾鬥爭的種種現實生活是分不開的。他們父子具有同樣的特殊條件，而李煜過了兩年多的俘虜生活，這又是李璟所没有的遭遇，因而李煜詞的成就更突過了李璟。我們當然不能以一個人的生活情況來規定他的藝術成就，但如果在其它的一切條件大致相同的情況下作比較的説明，生活實踐便有極其重要的意義。

以上略談李璟詞的具體表現及其特殊風格。

李煜的詞，流傳下來比較可靠的有三十多首。這三十多首詞中，跟著他的實際環境、生活方式、思想感情的轉變，相應地體現出幾種不同的面貌：

一、寫豪華生活和艷情生活的。這是他過著很愉快的生活的時候的寫作，聲色豪奢，風情旖旎，愛和美支配他整個的人生觀。他這類作品仍有幾種不同的類型：

一種是著重生活現象的刻劃，在活躍明靚的形象中顯示出嫵媚的情態，散佈著芳香的氣味，給讀者以豐富多姿、鮮明突出的畫面的的。例如《玉樓春》：

晚妝初了明肌雪，春殿嬪娥魚貫列。笙簫吹斷水雲間，重按霓裳歌徧徹。臨春誰更飄香屑？醉拍闌干情味切。歸時休放燭光紅，待踏馬蹄清夜月。

無數裝扮得很美麗的宫人，在宫廷裏，成行成列地在奏樂，在歌唱，直至踏月歸去，這是多麽鮮明突出的畫面！又如《浣溪沙》：

紅日已高三丈透，金爐次第添香獸，紅錦地衣隨步皺。佳人舞點金釵溜，酒惡時拈花蕊嗅。別殿遥聞簫鼓奏。

對舞廳的豪華的佈置，舞女的緊密活躍的步伐和婉轉翻騰的姿態，以及舞後歡飲、飲醉撒嬌的情況，都很細致生動地刻劃出來了。而開首從『紅日已高三丈透』説起，説明這是通宵達旦的情況；結尾以『別殿遥聞簫鼓奏』收束，説明這是帝王家裏的普通的生活方式，更使人可以從中聯想到其它許多類似的生活現象。這類描寫生活現象的藝術手法，應該説是相當成功的。

另一種是在精刻細致地描寫人物活動的同時更多地表達出他的心理活動的情態的，這類詞的寫法，更具有感染人的力量。例如《菩薩蠻》：

花明月暗籠輕霧，今宵好向郎邊去。剗襪步香堦，手提金縷鞋。畫堂南畔見，一向偎人顫。奴爲出來難，教郎恣意憐。

在一個嬌艷的花正開在朦朧淡月、迷蒙輕霧之中的環境裏，一個女子決定向一個男子求歡，雙襪踏地，一手提鞋，帶著慌張的神情而又輕輕地朝著一定的方向跑，到了畫堂的南邊，偎著她心愛的人微微地發抖，然後從火熱般的愛情裏説出自己的心裏話。這樣地描寫男女幽會的情景，是具有多麼强大的吸引力！這簡直是衝破了抒情小詞的界域而兼有戲劇、小説的情節和趣味了。又如同一個調子的『蓬萊院閉天台女』首，『銅簧韻脆鏘寒竹』首，雖然場合不同，表現手法也微有區别，但如前首的『潛來珠瑣動，驚覺銀屏夢。臉慢笑盈盈，相看無限情！』後首的『眼色暗相鈎，秋波横欲流』等句，由於作者有深入的體會和精刻的描寫，使人覺得這一切的活動都是合情合理的，因而也能給人以比較深刻的印象。

又一種是從眷戀所歡愛的人出發，寫自己離開那人以後的内心活動，即依據這種内心活動來塑造人物形象、描繪周遭景物的。這類寫法，是作者從自己的深刻體驗中，仔細觀察中，經過形象思維的作用，把握了人們情感中最本質的東西，通過藝術形象集中地表現出來的，所寫的雖是個人的感受，内心的活動，由於題材是經過選擇和提鍊的，具有一般意義的，因而也就增强了它的動人的力量，成爲抒情小詞最普遍的寫作方法。（因爲後人普遍地採用這種方法寫小詞，有的就變成一種空套——公式。但這是後來的情況，我們總不能把李煜詞也看成由公式出發。）例如《喜遷鶯》：

曉月墮，宿雲微，無語枕憑（頻）攲。夢回芳草思依依。天遠鴈聲稀。啼鶯散，餘花亂，寂寞畫堂深院。片紅休掃儘從伊，留待舞人歸。

許多景物、形象和活動，總是爲了表達自己苦憶離人和急待歸來的心情。

李煜在這期的作品中，由僅僅描寫客觀的現象到著重心理的刻劃，其間雖然也有淺深之分，高下之分，雖然也標志著作者創作活動的過程，可是，一般説來，内容充實而意味不够深厚，描寫精細而筆觸未能沈著，這和他在這時期的生活實踐是有密切關係的。

二、寫別離懷抱和其它的傷感情調的。李煜在作俘虜以前，儘管可以獲得一切的物質享受，由於家愁國難日漸深重，現實生活的本身對他有不同程度的威脅，他在文學上也累積了更深的修養，因而他表現在作品裏的感情就比較深厚，而在藝術成就上也達到了更高的境界。例如《搗練子》：

深院靜，小庭空，斷續寒砧斷續風。無奈夜長人不寐，數聲和月到簾櫳！

這詞是寫離懷別感的，自始至終没有一句不從這樣的感情出發，拆開來看，句句都可以獨立抒發這種感情的境界。然而通首總共只有二十七個字，接觸到人物本身的只有『無奈夜長人不寐』七個字，作者把其他許多足以引動離懷別感的情景——院靜、庭空、寒風陣陣，砧聲斷續，月照簾櫳都集中起來，向這不寐人侵襲，使這不寐人的離懷別感的深度和强度都突現在讀者的眼前。這樣地運用深刻的藝術構思，這樣地運用高度概括的藝術手法，應該説是李煜在小詞的創作上一種異常傑出的成就。古典作家在極短小的篇幅中能够表達出很深厚的感情，往往是在真實的生活基礎上經過匠心獨運千鎚百鍊的成果，是不能輕易看過的。不但有比較嚴謹的聲律的限制的小詞是如此，即小詩也是如此。如歷來人們所愛賞的被稱爲『自然高妙』的李白的小詩：『牀前明月光，疑是地上霜。舉頭望明月，低頭思故鄉。』我們也應該從作者能够集中『牀』、『月光』、『霜』，這各種都能够引動故鄉的懷思的具體情景，而看不出他的斧鑿的痕跡這方面來理解它的『自然高妙』，來學習作者『自然高妙』的手法。如果撇開作者的生活内容、藝術構思和表現手法種種不講，那麼，爲什麼在林林總總的小詩小詞中，人們獨獨傳誦這類的小詩小詞，就成爲不可理解的了。又如《清平樂》：

> 别來春半，觸目柔腸斷。砌下落梅如雪亂，拂了一身還滿。　鴈來音信無憑；路遥歸夢難成。離恨恰如春草，更行更遠還生。

這首詞寫懷念遠人的情緒的飽滿，藝術技巧的熟練，更容易看出來，因爲每一個意境都聯繫到人的具體活動和感受，和前首寫出許多景象而僅僅一句接觸到人物本身的有所不同。這裏值得提出來説明的是，結尾用隨處生長的春草，來比離恨這一點。『離恨恰如春草，更行更遠還生』，不僅如辛棄疾的『舊恨春江流不盡，新恨雲山千疊』（《念奴嬌》）一樣説出了愁恨很多，同時還如歐陽修的『離愁漸遠漸無窮，迢迢不斷如春水』（《踏莎行》）一樣説出了所以積成很多愁恨的情況；而以『野火燒不盡，春風吹又生』的春草來比象愁恨，更能够説出旋生旋滅，排除不了的意味，這是值得我們仔細體會的。（各人的具體情況不同，具體表現也就必然有所區別，我們不能因此就得出誰高誰下的結論。）

李煜這一時期的詞的特點，就是有深刻的具體内容，有更高的藝術技巧。上舉兩首是比較突出的例子。除此以外，如《采桑子》中的『不放雙眉時暫開』（『庭前春逐紅英盡』首），『瓊窗春斷雙蛾歛』（『轆轤金井梧桐晚』首），《謝新恩》中的『一聲羌笛，驚起醉怡容』之類，感人的力量雖然比不上前面兩首，總不是前期過著豪華生活和艷情生活時所能體會得到的境界。如《烏夜啼》中的『世事漫隨流水，算來一夢浮生。醉鄉路穩宜頻到，此外不堪行！』就不僅是感到生活的威脅，簡直是意圖逃避當時的現實生活了。這裏的『醉鄉』是有意識地作爲麻醉的場所，和前期的『同醉與閒平，詩隨羯鼓成』（《子夜歌》）的境界顯然是不同的。至於『一旦歸爲臣虜，沈腰潘鬢銷磨。最是倉皇辭廟日，教坊猶奏別離歌，垂淚對宮娥！』（《破陣子》）這種對現實生活的態度，已含有『願世世無生帝王家』的悲涼之感了。（後人指責他這時還對著宮娥垂淚。我認爲從這裏也透露出無誰告語，只有跑不掉的宮娥相對痛哭的凄慘的情狀。）這一時期作品中，也有一些和亡國以後的作品不易分辨得清的。如『風迴小院庭蕪緑』（《虞美人》）首中的『依舊竹聲新月似當年』、『滿鬢清霜殘雪思難任！』已深深地體現出哀痛的心情，有人就認爲是李煜做了俘虜後在汴京的憶舊之作（沈際飛就這樣説過）。但我們看他整個作品所刻劃的許多景象，似乎不是過囚徒生活的人所能具有的，也可能是看到國家的大勢已去的時候的寫作，這就要等到將來佔有充分的證明材料後才能够加以確定的。

三、寫囚徒生活和哀痛心情的。這是李煜入宋後的作品，這時期的作品，『深哀淺貌，短語長情』

（陸時雍評《古詩十九首》語），無論就思想内容説，就藝術技巧説，都達到了小詞的最高的境界。不但像那『爛嚼紅茸，笑向檀郎唾』的富有情趣的描寫一去不復返，連那『不放雙眉時暫開』的和愁帶悶的描寫，『世事漫隨流水，算來一夢浮生』的强求解脱的描寫，『離恨恰如春草，更行更遠還生』的婉轉纏綿的描寫也都用不著了。他除非不寫，寫出來的都是大開大闔，從大處落墨（這不等於抽象、空洞），並不是點滴的景象、心境的體現。他也回憶到舊日的美好生活，然而所寫的是『船上管絃江面淥，滿城飛絮輥輕塵，忙殺看花人。……千里江山寒色遠，蘆花深處泊孤舟，笛在月明樓。』（《望江梅》）『還似舊時游上苑，車如流水馬如龍，花月正春風。』（《望江南》）是足以代表某種生活現象的。他也寫心情的難過，然而所寫的是『多少淚，斷臉復横頤。……腸斷更無疑！』（《望江南》）是强烈地衝激出來的情狀。他也寫夢裏的人生，然而所寫的是『故國夢初歸，覺來雙淚垂！……往事已成空，還如一夢中！』（《子夜歌》）『夢裏不知身是客，一晌貪歡！』（《浪淘沙》）是和淚揉在一起的夢，排不去的往事的夢，值得咒詛的夢。他也寫愁恨，然而所寫的是『自是人生長恨水長東！』（《烏夜啼》）『人生愁恨何能免，銷魂獨我情何限！』（《子夜歌》）『問君能有幾多愁？恰似一江春水向東流！』（《虞美人》）不僅僅是點滴片段的愁恨，而是無比深長的愁恨，是浩渺無邊的愁恨。因此，他在這時期的作品所表現出來的是，意境大，感慨深，力量充沛，具有非常强大的感染力，不僅是淒清，而且是悲慨；不僅是沈著，而且是鬱結，成爲李煜詞的最顯著的特徵，成爲李煜詞的獨創的風格。

李煜這時期的詞還有一點值得注意的，就是它的具體内容，往往通過對比的寫法，來表達出當時的心情。例如《望江南》詞，就是從夢裏的繁華景象中引出怕提舊事、怕聽細樂的悲痛心情的。又如

《浪淘沙》（簾外雨潺潺）就是從當時的難堪的生活感受和不識趣的貪片刻歡樂的夢中情景的對比中來引出他不敢憑闌望故國的悲哀情緒的。又如《虞美人》（春花秋葉何時了）就是從不堪回想故國的景物情事和現在生活情況的對比中，來抒發他當時的深長愁恨的。

最後，還應該指出：李煜這一時期作品的獨創風格的形成，他的囚徒生活是其中的主要原因之一。他以一個過慣小皇帝生活的人，一旦變成了俘虜，這從最高到最下的地位的距離真是太驚人了，這種情況不是一般詞人所能具有的。在這樣的苦樂懸殊的對比之中，即使賦性頑鈍毫無文學修養的人也會感到很難堪，也會追思過往，考慮將來，何況李煜同時還是一個多情善感、具有鋭敏的感覺、深厚的修養的文學藝術家？他胸中所盤鬱著的個人的悲痛愁恨必然是非常之多的。他把胸中盤鬱著的東西傾瀉（就形式上看是壓縮）在若干短短的小詞裏，加上他的更高的藝術技巧，忠實於藝術的創作，這就形成了他所特有的藝術風格。

李煜詞的創作過程及其各個時期的具體表現大約是如此。

四

經過上面的具體分析，我們約略可以看到李煜的生活、思想轉變的過程和他的藝術成就了。一年多來，大家對李煜詞討論得很熱烈，對李煜詞的評價有很多分歧的意見。總括來説，有下面幾個問題。現在我就針對這幾個問題來談談我個人的看法。

首先是李煜描寫男女關係的詞是不是愛情生活的表現呢？

有人認爲李煜詞中關於男女關係的描寫是愛情生活的表現； 有人卻提出相反的意見，認爲李煜是一個荒淫的君主，没有什麽真摯的愛情，這類詞只是他荒淫無恥的自白。這裏面就牽涉到對愛情生活的看法問題。我認爲，如果必在作品中表示出堅貞純潔、生死不渝的信念，如《詩經・鄘風》中的《柏舟》，樂府詩中的《上邪》〔二〕之類，然後才算具有真摯的愛情的話，那李煜詞是完全没有的。如果説，在男女的結合之先經過了一定的戀愛過程，或者成爲夫婦之後仍然有深厚的情愛，而作品表現了這裏面的一個片段，這也算是愛情生活的話，李煜這類的詞是表現了一定程度的愛情生活的。《菩薩蠻》（花明月暗籠輕霧）一首所寫的是一個女子赴幽會時的偷摸行動和緊張心情，『銅簧韻脆鏘寒竹』、『蓬萊院閉天台女』兩首，都有輕佻、色情的因素，這都是事實。但就李煜的帝王身份來説，這情況是特殊的，是不必有的。我們看南朝帝王的『宫體詩』，其中的色情淫艷之作很多，但就没有在這樣的情況之下産生出來的。這三首小詞都可能爲小周后作，我在上面已經説過了，因此，陳耀文《花草粹編》選此詞即題作『與周后妹』。小周后是昭惠后的妹妹，李煜在這些詞裏所描寫的都是男女互相愛戀的情景，即是李煜和昭惠后的妹妹互相愛戀的過程中的一些片段生活，後來李煜納昭惠后的妹妹做小周后了，而且得到專寵，直至共同入宋。李煜在九七八年（宋太平興國三年）七月被趙光義命趙廷美毒死，小周后很

〔二〕《詩經・鄘風・柏舟》：『汎彼柏舟，在彼中河。髧彼兩髦，實維我儀。之死矢靡它。母也天只！ 不諒人只！』共兩首。漢《鐃歌》之一《上邪》：『上邪！ 我欲與君相知，長命無絶衰。山無陸，江水爲竭。冬雷震震，夏雨雪。天地合，乃敢與君絶！』

悲痛，同年冬天小周后也死了。從他們兩人一生的關係看來，在小詞裏雖然没有表示出堅貞純潔、生死不渝的信念，事實上，他們之間的愛情是相當深厚的。李煜小詞裏一些愛情的描寫，雖然不能就説成像戲劇上的張君瑞和崔鶯鶯、潘必正和陳妙常之類有衝破封建枷鎖的積極意義；但也不能等同於孫光憲、柳永、周邦彦等在一部分詞裏所描寫的狎妓行爲；就是和韋莊的《思帝鄉》：『春日遊，杏花吹滿頭。陌上誰家年少足風流？妾擬將身嫁與一生休！縱被無情棄，不能羞。』這種僅僅從客觀上描繪一個女子鍾愛一個男子的心願的也有區别。就一般的小詞説，如姜夔的《鷓鴣天》〔二〕是爲一個心愛而終身不能成爲夫婦的女子寫的，我們還肯定這些詞表現了他們之間的愛情，何況李煜和小周后之間有始終如一的愛，而這些詞是互相戀愛的情況的表現。我的看法，荒淫無恥和愛情生活有本質上的區别：荒淫無恥是憑自己的權位或財力亂搞一通，在自己是獵奇洩慾，在對方是被摧殘迫害；而愛情生活是建立在男女雙方互相愛悦的基礎上的。李煜這些詞裏所寫的愛情生活，『花明月暗籠輕霧』一首寫的是女子向男子求歡的情況，『銅簧韻脆鏘寒竹』、『蓬萊院閉天台女』兩首寫的是男女雙方愛悦的情況。很明顯，這不能看成是荒淫無恥者摧殘迫害一個女子的行爲。

恩格斯曾這樣説過：『以兩方的相互愛情高於其他一切考慮作爲結婚依據的事情，在統治階級

〔二〕姜夔二十多歲在合肥眷戀一個彈琵琶的女子，到四十多歲還一往情深，寫了許多詞，其《鷓鴣天・元夕有所夢》云：『肥水東流無盡期，當初不合種相思。夢中未比丹青見，暗裏忽驚山鳥啼！春未綠，鬢先絲，人間别久不成悲。誰教歲歲紅蓮夜，兩處沈吟各自知！』

的實踐上是從所未聞的事情。只有在浪漫事蹟中，或者在不受重視的被壓迫階級中才有這樣的事情。』（《家族、私有制和國家的起源》，見《馬克思恩格斯文選》第二卷二三五頁）李煜《菩薩蠻》三首所描寫的相愛的過程正是一種『浪漫事蹟』，因而裏面才可能産生出愛情的因素。（説有可能産生，當然不能把統治階級中人的偷情行爲都看成有愛情的因素。）他們這樣下去，到後來就成爲夫婦。李煜立小周后爲國后時，羣臣自韓熙載以下還作詩諷刺他[一]，可見李煜和小周后以這種做法作爲結婚依據，統治階級内部是不同意的。這是一種特殊的情況。如果以一般的封建帝王的荒淫的生活方式，或者以李煜的其它的荒淫生活的事實來判定這三首小詞没有什麼愛情的表露，就可能脱離了作品的實際。

李煜這些詞裏所表現的愛情固然不能等同於一般封建帝王的荒淫生活的表現，但也不能等同於人民的真正的愛情生活的表現。小周后的天姿國色[二]和李煜的風儀儁美[三]以及他們的優越的階級地位，應該是他們産生偷情行爲的主要原因。而人民的真正的愛情生活就不是以容貌、權位作爲主要的條件，（僅僅説不是主要的條件，不是完全不注意容貌。即以容貌説，人民的審美觀點也和統治階級中人有所不同。）應該是建築在互助合作的基礎上的。偷情行爲只有在衝破封建枷鎖的情況下才有意義，究竟不是人民愛情生活的正常的表現。如果因爲人們欣賞他們的『浪漫事蹟』，即認爲它等同於人

[一] 馬令《南唐書・女憲傳・繼室周后》。
[二] 馬令《南唐書・周宗傳》：『宗娶繼室，生二女，皆國色。』
[三] 《湘山野録》：『江南李後主煜，性寬恕，威令不素著，神骨秀異，駢齒，一目爲重瞳。』

民真正的愛情生活，具有突破了統治階級的人民性，那是不妥當的。

儘管李煜這些詞是他和小周后的戀愛過程中一些片段的描寫，然而人們欣賞這些詞，卻不在於他們裏面有愛情的具體内容（這内容最多也不過使人在認識上有某些作用），而是在於李煜的大膽真實的描寫和描寫藝術的比較高度的成就。如果因爲否定了這些詞是荒淫無恥的表現，即肯定它們所以獲得人們的愛好是由於裏面寫出了具有足以吸引人的真摯的愛情生活内容即一個小皇帝和一個大臣的女兒私通的生活内容，那也是不符合事實的。

其次，李煜抒寫愁、恨的詞，爲什麽會取得人們的愛好呢？

李煜詞中表現愁、恨的思想感情的在三分之二以上。他入宋後的全部作品都是這種表現固不必説，他做小皇帝時也還不少是這類的作品。可以説，這是他的詞取得人們的愛好的主要的因素。爲什麽寫愁、恨的東西會取得人們的愛好呢？第一，因爲他這類的作品都是真情實感的流露，没有歪曲生活或者粉飾生活，因而他這類作品的具體内容首先就給人以合情合理的感覺，覺得在這樣的情境之下必然會産生這樣的思想感情，這就具有一定程度的典型意義和體現出人所共有的特徵，能够感動不同時代的各個不同社會集團的人們。比方説，離開親愛的人的愁思，失卻歡樂生活的悲嘆，由帝王變成囚徒的哀痛，這都是生活的真實。讀這些詞的人，有這種生活的，固然會激起同情心；没有這種生活的，也會撇開它們的具體事件來接受它們的真情實感。李煜詞中如『别來春半』首的寫别愁，『深院静』首的寫離懷，『春花秋葉何時了』和『簾外雨潺潺』兩首的寫亡國後做囚徒的悲痛，都是十分真實的心情的抒發，因而具有很大的感染力。第二，因爲他這類的作品中有些還藴藏著對不合理生活的抗憤的情緒，對美好生活的殷切的眷戀，表明了這是在横遭壓抑的情勢之下所產生出來的愁苦。這種愁苦的產生，在歷史時代裏是完全合乎生活實際和客觀規律的。寫的雖然是個人的特殊的情況，在精神實質上也反映出一般現實生活的規律性，因而就具有説服人的力量。例如『往事只堪哀』首的寫勃鬱不平的心境和美好生活的回憶，『閒夢遠』首的寫對南國美麗景物的依戀，『林花謝了春紅』首的寫對剝奪美好生活者的深長怨恨，都是以自己的無可奈何的感受向人們提出了真誠的訴説，而這樣的訴説，是會使人們忘卻了他的身分地位而同情他的不幸的遭遇的。第三，因爲他這類作品所表現的愁、恨，在對抗性的社會裏一向是容易打動人心的，『讙愉之辭難工，而窮苦之言易好』（韓愈《荆潭唱和詩序》句），這種符合實際的傳統的觀念也就支持了他們成爲一種優良傳統。就李煜的階級地位説，誰也明白他是南唐的最高統治者，在他的作品中，如『紅日已高三丈透』、『晚妝初了明肌雪』、『四十年來家國』等也明顯地體現著他這種階級地位。可是，由於他在作品中所表現的愁、恨，正是人們在現實社會中最易感受到的愁、恨，最易引爲同調的愁、恨，人們讀他這類作品時就會以讚嘆其他作品中所表現的愁、恨一樣的眼光來對待他們。這種長期遺留下來的傳統觀念，不是短期内可以完全改變的，我們研究祖國的文學遺產，值得稱贊的，也委實是表現這種情緒的作品居多。古典作家的傑出成就和過去評論古典作家的標尺，也傾向於這方面。歌頌昇平的『臺閣體』、『試帖詩』之類，一向就没有什麼藝術的生命力而爲人們所唾棄。趙翼曾説：『國家不幸詩人幸，話到滄桑句便工。』這可以代表一種對古典詩詞的傳統看法。這麽一來，李煜這類作品之所以能够取得人們的愛好，就成爲完全可以理解的了。當然，我們可以預料得到，李煜詞中這樣的思想内容，在若干年代後可能只賸下歷史上的價值，是會逐漸被人厭惡乃至遺忘的，但在相當長的時期內，則仍具有一定程度的思想力量。

復次，李煜入宋後的作品是不是具有人民性和愛國主義思想呢？

這是一年多來大家爭論得最爲熱烈的問題。但我這次校注了李煜詞，卻沒有發現到其中有一首詞可以從這些方面去理解它的。我以前也曾認爲李煜的『春花秋葉何時了』首是具有和南唐人民的思想感情共通之點並且具有愛國主義精神的作品，現在看來，這樣地評價李煜這首詞，是不符合實際的。儘管李煜這首詞可以引起某些暫時失卻故國的人的同情，從而激起愛國的情緒，也還是和上面說過的一樣，是因爲他十分真實地抒寫了一個亡國俘虜的悲痛和對故國情事的憧憬，會使人感到在這樣的情境中必然會產生出這樣的思想感情，因而具有一定程度的典型意義和體現出人所共有的特徵，在李煜這首詞的本身是沒有接觸到人民，也沒有什麽愛國主義思想的表現的。不但李煜這首詞不應該從人民性和愛國主義思想去評價它，就是李煜的其它的詞也沒有必要從這些方面去評價它們。李煜詞具有人們共有的特徵，具有能够引起人們同情的東西是無可否認的，否則就不可能赢得人們的愛好；李煜做過十四年多的小皇帝，又做過二年多的亡國俘虜。當做亡國俘虜時追懷故國的情事，自然也會産生出愛念故國、痛恨亡國的思想感情：而這一切都會在作品中流露出來。但他的作品中具有這一切的因素，並不能就判定它們是具有人民性或愛國主義思想的作品。無論從任何角度看，人民性或愛國主義思想，對於理解李煜本身都沒有必然性的聯繫（這是就一般對人民性和愛國主義的理解說。其實人民性和愛國主義的意義，直至今天也還有不同的看法）。人民性或愛國主義思想既然和李煜詞本身沒有必然的聯繫，討論下去，就只能得出這樣的結論：李煜詞沒有什麽人民性内容，但也不能説是反人民的；　沒有什麼愛國主義的内容，但也不能説是反愛國主義的。因爲這樣的討論，根本就是從概念、定義出發，而不是從李煜詞的本身出發，對評價李煜詞沒有什麼多大的關係。

五

李煜詞的藝術價值很高，這一點是大家承認的，我們在上面分析具體作品時也著重指出這一點。以下我想比較概括地來談談李煜詞的藝術特徵。

李煜詞的藝術特徵，有部分是受他的父親李璟的影響的，上面已經提到。李璟詞的獨創風格如少修飾、多感慨等都作了李煜詞的先導，都或多或少對李煜詞有影響。比李煜年紀較大的馮延巳（馮延巳九三〇年生，比李煜大三十四歲）是當時一個作詞的名手，又常出入宫廷，他的詞雖然色彩較濃，假借較多，還不脱《花間》的面貌，但具有較豐富的感情，其中還有寄託自己的懷抱和時事的感觸的〔二〕，這

〔二〕 馮延巳《蝶戀花》詞，張惠言《詞選》説其中三首『忠愛纏綿，宛然騷、辨之義』，（陳廷焯《白雨齋詞話》同意張氏的評語。）劉熙載《藝概》説：『韋端己諸家詞，留連光景，惆悵自憐，蓋亦易飄颻於風雨者。』馮煦《陽春集序》更説他『若《三臺令》、《歸國謡》、《蝶戀花》諸作，其旨隱，其詞微，類勞人、思婦、羈臣、屏子鬱伊惝怳之所爲。……周師南侵，國勢岌岌。……翁（指延巳）負其才略，不能有所匡救，危苦煩亂之中鬱不自達者，一於詞發之，其憂生念亂，意内而言外，跡之唐、五季之交，韓致堯之於詩，翁之於詞，其義一也。』這些説法，對馮延巳詞的思想内容的評價雖未免太高，但馮延巳詞中有抒寫自己懷抱和對時事的感觸的因素是應該肯定的。

就把詞的作用擴大了，不是《花間》一般詞人所可及〔二〕。這種作風，對李煜也可能有啓發作用。李煜的大膽、真率、明朗、自然的寫作，多少還帶有民歌的情趣，又作品的主人公的主動性很强，也是民歌的一種特色，可見李煜除了對歷來的文人作品具有深厚的修養外，還向民間文學吸取了不少的養料。此外，他同時兼長音樂、書、畫等等，對他作品中的聲音美和形象美，當然也起著相當大的作用。他和通書史、善音律的周后結婚，和有文學修養的兄弟和詞臣等經常酬唱，也應該對他的文學藝術的成就有或多或少的關係。

李煜詞的藝術特徵，具體表現在下列幾方面：

第一，自然真率，直寫觀感。李煜所有的詞都是由自己的親切感受出發，大膽抒寫，絶無拘束，使詞中的情事、景象等等都躍現在讀者的眼前，具有强烈的感染力。這境地，不僅是一般文人的小詞達不到，一般的文人詩也不易達到的，多少帶有民間文學的風貌，因而使人感到有一種特別新鮮的味道。這在李煜詞的創作方法上是最突出和最成功的地方，是值得我們特別重視的。

過去的人在評價李煜詞中接觸到他的藝術特徵的有幾種説法：周濟的《介存齋論詞雜著》説：『李後主詞如生馬駒，不受控捉。』又説：『毛嬙、西施，天下美婦人也，嚴妝佳，淡妝亦佳，粗服亂頭，不掩國色。飛卿，嚴妝也；端己，淡妝也；後主則粗服亂頭矣。』況周頤的《蕙風詞話》説：『五代詞人，……其錚錚佼佼者，如李重光之性靈，韋端己之風度，馮正中之堂廡，豈操觚之士能方其萬一？』王

〔二〕王國維《人間詞話》：『馮正中詞雖不失五代風格，而堂廡特大。』這説法是對的。

國維的《人間詞話》說：『詞至李後主而眼界始大，感慨遂深，遂變伶工之詞爲士大夫之詞。』又說：『詞人者不失其赤子之心者也。故生於宮之中，長於婦人之手，是後主爲人君短處，亦即爲詞人所長處。』又說：『閱世愈淺則性情愈真，李後主是也。』吳梅的《詞學通論》說：『二主詞，中主能哀而不傷，後主則近於傷矣，然其用賦體不用比興，後人亦無能學者也。』這幾種說法，各人所看的角度雖然不同，李煜爲什麼有這樣的藝術成就，或沒有說出，或說得不對，可是，對李煜的藝術特徵卻都有接觸到，或者從他的整個風格看（如周濟），或者從他的真情實感看（如況周頤、王國維），或者從他的表現手法看（如吳梅），我們如果總合起來看，李煜詞的藝術特徵還是很顯著的，那就是，他能夠大膽地、真切地、毫無掩飾地用直抒胸臆的表現手法寫出具有强烈的感染力的作品。（吳梅在所引《虞美人》下解釋『賦體』是『直抒胸臆』。）現在且舉個例子看：

四十年來家國，三千里地山河；　鳳闕龍樓連霄漢，玉樹瓊枝作烟蘿。幾曾識干戈？　一旦歸爲臣虜，沈腰潘鬢銷磨。最是倉皇辭廟日，教坊猶奏別離歌，垂淚對宮娥！（《破陣子》）

這是他臨要亡國時的寫作，寫自己一輩子在南唐宮廷裏不懂得戰爭是怎麼一回事，一旦做了俘虜，必然是身體瘦削，鬢髮斑白；　而尤其難過的是慌慌張張，辭別太廟的時候，教坊女樂還奏起別離的歌曲，面對著宮娥流淚的情事。這是多麼真實、坦率、具體、明朗的自白！　就是没有什麼文學修養的人，讀了之後也可以有相當深刻的印象的。我們再看《花間集》裏這一首詞：

金鎖重門荒苑靜，綺窗愁對秋空。翠華一去寂無蹤。玉樓歌吹，聲斷已隨風。　烟月不知人事改，夜闌還照深宮。藕花相向野塘中。暗傷亡國，清露泣香紅！（鹿虔扆《臨江仙》）

這是寫亡國哀痛的。作者的地位和寫作的對象當然和上舉的不盡相同，我們要比照説明的是前後兩首詞的風格完全相反。李煜的詞很具體，很坦白，整個景象、情事都清清楚楚地在作品裏躍現出來。而鹿虔扆的詞卻總是若即若離，吞吞吐吐，使人讀後不易了解其中的具體情況究竟怎樣，只感到是一種亡國哀痛的表白。鹿虔扆是後蜀的臣子，這小詞哀痛後蜀得，哀痛其他任何國家都得。這就使人從鹿詞所得到的印象，和從李詞所得到的印象截然不同。當然，我們不能要求在一首抒情小詞裏記載許多歷史的事實，我們也不能以詞裏描述具體事狀的多少來判定他們的藝術價值的高下。鹿虔扆這首詞在有文學修養的人讀起來，在給人以亡國哀痛的總的印象之外，還加上一些襯托的境界和周遭的景物，形成更加濃厚的值得哀痛的氣氛，也是一篇很成功的作品。不過正如上面所説的，鹿詞的好處不是一般人所能理解的，而李詞即使没有什麼文學修養的人讀了也可以得到相當深刻的印象。這就説明了李煜詞所以能够獲得許多人的愛好，他這種獨創的風格是起著很大的作用的。

第二，突出事象的特點，强調人物的活動。抓住事物的特質，加强作品主人公的主動性和活動力，使作品中的現象都成爲有意識的活動，給人以新鮮的而又具有强力的感覺，這也是李煜詞的藝術特徵之一。這種特徵的獲得，和李煜對某些生活的親切感受與深刻認識是分不開的。舉例來説，如：

曉妝初過，沈檀輕注些兒箇，向人微露丁香顆。一曲清歌，暫引櫻桃破。羅袖裛殘殷色可，杯深旋被香醪涴。繡牀斜憑嬌無那，爛嚼紅茸，笑向檀郎唾。（《一斛珠》）

這一首詞自開頭至煞尾没有一句離開了作品主人公的活動——早上梳妝好了，注了些沈檀，向人微微地露出舌尖，張開小口唱了歌；唱完了歌喝喝酒，酒沾了羅袖污了口，酒喝多了就嬌困地靠在繡牀上，嚼嚼紅絨，笑向心愛的人吐了去。把作品主人公的形貌、情態、聲音、笑容乃至撒嬌、唾絨的細微末節都活靈活現地在讀者跟前搬演著。這樣的精刻細緻而又具有戲劇情趣的描寫，正是作者深入地體會了這種生活，發現到所描寫的對象的個性特徵，把作品的重心集中在這種個性特徵上，極其明朗地把主人公的一切活動描繪出來的一種高度的藝術手法的表現。《花間》詞人也有寫類似這樣的題材的，例如毛熙震的《後庭花》：

輕盈舞妓含芳艷，競粧新臉。步搖珠翠修蛾斂，膩鬟雲染。歌聲慢發開檀點，繡衫斜掩。時將纖手匀紅臉，笑拈金靨。

寫的方面也不少，也相當細膩。然而讀起來總覺得是一般歌妓的情況，顯不出作品中人物性格的特徵。問題就在於作者不是抓住作品主人公的（或者是在這個場合的）特有之點，從一般出發，觀察力不够集中，不能加强作品主人公的主動性，因而就削弱了作品的感染力。比方：上段所寫的『輕盈』、『芳艷』、『新臉』、『步搖珠翠』、『修蛾』、『膩鬟雲染』等都是可以套用在一般的漂亮女人的身上的，不僅可以套用在一般的歌女身上；下段寫得比較生動具體，可是像『繡衫斜掩』、『纖手勻紅臉』這類的情況，仍是一般歌女的動作，不算那個場合中特有的動作。自然，毛熙震這裏所描寫的舞妓生活和李煜所寫的對象是不同的，但李煜也有寫集體歌舞的小詞，如『晚妝初了明肌雪』首，我們仍然可以看出那個場合中的特有之點。像毛熙震這樣的小詞，在《花間集》裏還算是較好的，和李煜詞比較起來仍然不無高下之分，這就可以看出李煜詞的另一種獨創風格和藝術成就。

李煜在創作上突出事物的特點和作品主人公的主動性，也表現在寫一般的情況上。例如，寫愁眉不展，他用的句子是『不放雙眉時暫開』（《采桑子》）。寫落紅滿地，他寫的句子是『片紅休掃盡從伊』（《喜遷鶯》）；寫女人向男子求歡，他用的句子是『今宵好向郎邊去』（《菩薩蠻》）。把一般的情景寫成有意識的活動（從另一方面説，把有意識的活動從一般的情景中表現出來），就加深了句子裏所含蘊的意味，加强了作品裏的人物活躍的氣氛，從而就增加了作品感染人的强力。這些地方，雖然是極微小的表現，但它是整個表現手法中的一個環節，也是值得我們注意的。

第三，藝術概括性高。把一般體現在個別之中，通過個別表現一般，使讀者從個別的表現中看到一般的意義，這也是李煜詞的藝術特徵之一。這種表現手法和上面説的寫特有的東西，看似相反而實是相成的。不從個別出發來表現事物，則所表現的事物不可能深刻、突出，不可能給讀者以較深的印象；同樣，所表現的事物不能體現出一般的意義，則没有某一類人共有的特徵，也不可能具有感染人的力量。因爲人的生活不是孤立絶緣的，一種性格的形成，一種動作或心理的表現，都不可能和生活實際不相聯繫，而生活實際是複雜的，多方面的，只要真正深入生活，忠實地反映生活，就可以通過個別的形象、性格種種概括出某一類人的共有的特徵。李煜在這方面的創作是很成功的。例如上面舉出的《破陣子》和《一斛珠》，寫的都是特殊的情事，由於前一首鮮明、深刻地體現出一個風流小皇帝臨要亡國時的倉皇失措、無誰告語的可憐相；後一首精細生動地刻劃出一個歌姬的輕巧玲瓏的活動和邀寵取憐的情態，這就會使讀者恍如置身其中，親切地感到這一類人物的真正面貌是如此，精神實質是如此。通過這些情景的描寫很自然地會聯想到那一般亡國的風流小皇帝如蕭寶卷、陳叔寶之類的下場以及一般的宮廷歌姬的實際生活，而不是把作品中所描繪出來的景物情事當成個别的現象看待。我們再舉一個例子看，如：

林花謝了春紅，太匆匆！無奈朝來寒雨晚來風。　臙脂淚，留人醉，幾時重？自是人生長恨水長東！（《烏夜啼》）

作品的具體内容也還是個人的感觸，一時的現象，然而它的概括力更强，概括面更廣了，使讀者所感受到的是一切美好的東西横遭暴力的摧毁，不只『林花』的命運是如此，其他同『林花』一樣命運的都是如此。這樣的描寫，就成爲優秀的典型形象，具有人所共有的特徵，具有足以感動不同時代的各個不同社會集團的一切人的力量了。有人孤立地截取『自是人生長恨水長東』一句説這是頹廢色彩、悲觀主義的表現。這種說法，我是不同意的。只要美好的東西横遭摧毁的不幸情事或者是意外的不幸情事還存在一天，『恨』就存在一天。作品裏表現的分明是在某種情況之下所產生的某種心情，没有那種情況當然就引不起那種心情。難道到了共産主義社會，就一點意外情事都不會産生麽？就連失卻慈母、愛子時的悲哀心情都不存在麽？李煜詞有悲觀、頽廢的色彩，這是可以肯定的，也是應該批判的（因爲這是大家所公認的，並没有爭論，所以上面没有作爲一個問題提出來批判）。但最好是，從他做小皇帝時候的作品，只表現了一些宫廷享樂游宴和個人與個人之間的愁悶甚至意圖逃避現實（如《一斛珠》、《玉樓春》、《子夜歌》『尋春須是先春早』、《烏夜啼》『昨夜風兼雨』等）這種總的傾向毫無積極振作的意義來加以説明。他做俘虜後的作品的表現悲哀怨恨，是合乎生活邏輯的，即使是『人生長恨水長東』這種極其强度的表現，也很難作爲他的悲觀、頽廢的依據。因此在歷史上，人們只是嗤笑『此間樂不思蜀』的劉禪〔一〕，對李煜這一時期作品的表現，是不會給以過分的責備和過高的要求的。

和上面這種表現相類似，李煜的藝術概括性很高的另一種表現，是刺取某部份最突出的生活情景來反映出某種生活的全貌（這和突出事象的特點是有區别的）。例如：

閒夢遠，南國正芳春：船上管絃江面渌，滿城飛絮輥輕塵。忙殺看花人！

閒夢遠，南

〔一〕《三國志・蜀志・後主傳》注引《漢晉春秋》：『司馬文王（昭）與禪宴，爲之作故蜀技，旁人皆爲之感愴，而禪喜笑自若。……他日，王問禪曰：「頗思蜀否？」禪曰：「此間樂，不思蜀。」』

國正清秋：　千里江山寒色遠，蘆花深處泊孤舟。笛在月明樓。（《望江梅》）

把整個南國最美妙動人值得留戀的具體情景，從芳春、清秋兩個季節中的一些最突出的景物情事中勾劃出來，使了解南國生活的讀者感到這些情景確實足以代表南國最美好的風光，未到過南國的讀者也不能不受到這些情景的感動而嚮往於南國的美好生活。這類的寫法，有人僅僅理解爲選擇題材的問題。其實從藝術構思説，實是作者經過深刻的體驗，仔細的思考之後，加以概括集中的成果。我國過去有成就的詩人或詞人在創作活動過程中都要經過這個階段的，即是從許多美好的情景中提煉出自己印象最深同時又最能引人入勝的東西來表現那全部的美好生活（反之，表現醜惡生活的也一樣用這種手法）。這種提煉，首先就要具有高度的概括力，比之個別字句的精鍊更難能也更重要，特别是在寫小詩、小詞方面。如果不首先注意這點而專用力於精鍊字句（字句當然也要精鍊），就可能成爲形式上的追求者，是不能取得傑出的成就的。我們雖然不能認爲這是李煜的獨得之秘，但李煜詞這種表現是他藝術概括性很高的一種表現，還是應該指出的。

李煜的藝術概括性很高的又一種表現，是以簡單的句子概括了豐富的內容。如前面説過的《深院静》一首，全首僅僅二十七個字就包藴著許多引動别離懷感的情景。又如『紅日已高三丈透』首，描寫的對象只是一時一地的情況，由於作者一開首就從太陽升得高高説起，末了又從『别殿遥聞簫鼓奏』收束，就拉長了這種縱情逸樂的時間和擴大了它的空間，給讀者的印象是連宵達旦到處一樣的宮廷生活的情況。這都是李煜具有高度集中的藝術概括力的表現。

第四，形象性很强。李煜詞的又一個特徵，就是他善於塑造真實生動的形象。這是一般的成功的作品所具有的，也是讀李煜詞的人首先就會感覺到的。一般形象的塑造不説它，值得提出的是他寫人物的心理活動，寫人生的觀感，寫自己的哀愁等抽象的東西，幾乎無不通過具體形象顯示出來，這就使得他的作品具有更濃厚的藝術趣味和更加感動人的藝術魅力。例如『花明月暗籠輕霧』首寫的是偷情的行爲和心理的活動，是在一個十分幽深寂静的環境中進行著輕微細緻的工作，然而由於作品的形象性很强，使整個場面充滿了生動活躍的氣氛。又如『曉月墮』首寫的是思念離人、急盼歸來的一種無奈和焦迫的心情，也是在一個深静的環境裏産生的，然而由於作品的形象性很强，就形成了一個多綵多姿、有聲有色的境界。

李煜詞最爲人所傳誦的是他入宋後寫愁恨之作。而在這些作品中感染力最爲强烈的仍然是在於形象的真實和生動。如果没有『流水落花春去也，天上人間！』則當時一往情深的心境無由映現出來；如果没有『恰似一江春水向東流！』則當時自己浩渺無邊的愁懷也無從窺見。正因爲作品的感染力的强弱，繫於形象性的强弱，因此，有些地方，不必説出愁恨的心情，只寫出一些具有愁恨心情的人的動作，讀者就能够通過這種形象看出他當時的愁恨心情。如『憑闌半日獨無言，依舊竹聲新月似當年。』(《虞美人》)『燭殘漏滴頻欹枕，起坐不能平。』(《烏夜啼》)之類。更有些地方，即使不必寫人的動作，單寫一些景物的形象，也可以使人清楚地看出人的境況和心情的。如《謝新恩》中的『粉英含蕊自低昂』，僅寫出『自低昂』這一形象，就透露出無心欣賞、無誰共賞的情況；《采桑子》中的『百尺蝦鬚在玉鉤』，僅寫出『在玉鉤』這一形象，就透露出孤居獨處，無誰憐惜的情況。上面説過，李煜是强調作品中的主人公的主動性的，在這裏還必須補充一點： 如果僅僅是强調人物的活動而没有塑造出真實生動的形象，那也不可能深刻地反映生活，不可能强有力地感動讀者。

第五，藝術語言的創造和生動口語的運用。這是李煜詞取得藝術成就的一個主要的因素。具體表現在下列兩方面：

一、單純明淨。李煜詞有相當複雜的生活内容，有各種各樣的表現方式，然而他所運用的語言，卻是單純、明淨的。單純明淨不等於簡單膚淺，是一種鍛鍊加工的結果，是一種藝術語言的創造，這種語言的使用，不僅有其健康語言的基礎，和作者一系列的表現手法都有關係的，是作者的獨有風格的一種最明朗的標志。比如，上面提到的『曉妝初過』、『紅日已高三丈透』、『花明月暗籠輕霧』等首，寫的都是宫廷裏的豪華生活和艷情生活，一般説來，是免不了要用金碧輝煌的裝飾和香粉胭脂的塗抹的；照一些書籍的記載看，李煜在當時的宫廷裏也實在是過著豪奢逸樂的生活，到處都是華美艷麗的場面。可是，李煜在這些作品裏卻摒棄了許多裝飾、塗抹的用法，用的都是單純明淨的句子，有時還吸取一些生動的口語如『酒惡』之類。這就説明了李煜創造藝術語言的天才是傑出的，他對怎樣才是美妙動人的藝術語言的理解，在當時來説，也高人一等。就當時一般的創作風格看，『花間』詞人的『鏤玉雕瓊』、『裁花剪葉』〔二〕是一時的風尚，《花間集》裏所收録的作品，除韋莊外大都是這種的作風。溫庭筠

〔二〕 見歐陽炯《花間集》序。

最講究雕飾，而在當時的評價也最高。〔一〕溫庭筠的詞，雖然很精工，但一般都是鏤金錯采，最難理解的。他許多堆金疊玉、炫耀眼目的例子不舉，現在舉一首《菩薩蠻》來看：

水精簾裏頗黎枕，暖香惹夢鴛鴦錦。江上柳如烟，鴈飛殘月天。藕絲秋色淺，人勝參差剪；雙鬢隔香紅，玉釵頭上風。

這在溫詞中是一首相當美妙的作品。照我的看法，大概是寫他曾經在一個美麗香軟的地方歇宿過，這地方是在江邊。第二天破曉的時候，那女子打扮得很齊整——穿上漂亮的衣服，簪上玉釵，還戴上『花勝』，划著小艇，穿過花港，搖搖蕩蕩地送他到岸上。頭兩句是説那個地方有很好的設備，有水晶簾、玻璃枕，還有又香又暖足以惹起好夢的鴛鴦被，但他在那裏歇宿就没有交代清楚；第三四句是説在一個足以引動離愁的風景淒清的早上，但有什麼人在那兒做什麼事又没有交代清楚（這兩句是情景交融的寫法，是篇中最警策、最動人的句子。楊柳、殘月、飛鴈都是和離愁有關的景物，韋莊《荷葉杯》的『惆悵曉鶯殘月，相别』，柳永的『楊柳岸曉風殘月。』都可證明，即李煜的《喜遷鶯》也是通過『曉月』、『鴈聲』等景物來抒寫别情的。有人不聯繫離别的情況看，只理解爲表現淒清之感。我認爲這樣的理解是

〔一〕 歐陽炯《花間集》序説：『在明皇朝，則有李太白之應制《清平樂》四首，近代溫飛卿復有《金荃集》，邇來作者，無愧前人。』在李白之後獨提溫庭筠，溫氏的地位之高可見。

比較空洞的）；　第五六句是說有某種色澤和某種裝飾，但指的是什麼等樣的人也沒有交代清楚；　最後兩句是說雙鬟隔開了又香又紅的東西和玉釵在頭上顫動，但究竟是什麼人在什麼地方有什麼活動更沒有交代清楚（有人從張惠言的說法推演下去，認爲上句是雙鬟插花把香紅隔開了，象徵離別；　下句是風吹透玉釵，象徵情意貫通，因而肯定這詞和『小山重疊』首同樣是一個女子自傷身世孤零的表現。我不同意這種看法。『小山』首因花面交映而感到容顏易衰謝，因雙雙鷓鴣而感到空房難獨守，那是很明朗的，而且是合情合理的寫法。　這首呢，姑無論明指隔香紅而言雙鬟自相隔，明指動玉釵而言兩邊情意通，是很牽强的解釋，即使在字句上可以這樣解釋，把隔離現象和相思情意縮小到這樣的程度，還表達什麼深長的情思？　我認爲這樣的看法是不符合實際的，雖然我的見解也未必就是正確）。通首只擺擺景物和現象，人物活動的情況一點也沒有表露出來。　這麼一來，作品就成爲景物現象的羅列和堆砌，即使創造了很美妙的藝術語言，也失卻它應有的作用了。　這麼一來，就使得歷來讀這詞的人都莫名其妙，亂猜一頓了。　自張惠言的《詞選》以下直至現在，接觸到這詞的人都把它當成夢境來理解。　如果把夢境理解爲一種回憶，那還可以講得通，而其實理解它是寫夢境的人都是從第二句的『夢』字出發的。（沈雄的《古今詞話》曾說過『暖香、惹夢是枕名』的話，當然不會看成這詞是寫夢境的，但上句說『頗黎枕』，這句又指枕名，也不確。）這就未免把這詞神秘化了。　當然，這責任要由溫庭筠自己負。

從這裏，我們可以看出當時的『花間』代表人物溫庭筠的創作風格和李煜是不相同的。（這是就總的方面說，溫詞也有比較淺白明朗的。）

李煜入宋以後的作品，由於生活作風、思想感情的轉變，表現手法也更加熟練，對於藝術語言的創造達到了更高的境地。如『人生愁恨何能免』、『多少淚』、『閒夢遠』、『春花秋葉何時了』、『簾外雨潺潺』等首，包藴著的内容有許多不容易明白説出的，但讀起來竟像脱口而出，隨筆寫成，看不出一點鍛鍊的痕跡而自然達到單純明淨的境地。這類的藝術語言的創造，是值得我們注意的。

二、精鍊準確。李煜詞在語言方面所以能够達到單純明淨的境地，是和他用字造句的精鍊準確分不開的。詞人用字造句，一般説來，都是經過精鍊的工夫的，特别是寫小詞，篇幅很短，更需要精鍊。可是，如果精鍊不結合準確，不從準確出發，精鍊就會成爲藝術技巧的玩弄，爲精鍊而精鍊，專講形式美，和内容不發生聯繫。有些小詞，讀起來死氣沈沈，毫無感人的力量，其毛病就在於脱離準確而專講字句的精鍊。就另一方面看，最準確的寫法就是最自然的寫法。（自然不等於樸素。）如果有一些矯揉造作的痕迹就是不能恰如其分地寫，不能達到自然的境地，也即是寫來不準確。準確的標尺是作品的生活内容，即描寫的對象和情意。離開了生活内容就没有什麼叫準確。同樣，精鍊的目的也應該是爲要更準確地表現生活内容的。我們如果孤立地看精鍊，溫庭筠的詞是很精鍊的，像上面所舉的《菩薩蠻》，有許多美麗的句子。然而整篇看來，卻令許多讀者看不出其中的生活内容是什麼，那精鍊就失卻了準確性，失卻了它在作品中應有的作用。我們看看李煜的《長相思》：

雲一緺，玉一梭，澹澹衫兒薄薄羅，輕顰雙黛螺。　秋風多，雨相和，簾外芭蕉三兩窠。夜長人奈何！

上半也寫一個女子的裝束和情態，但給予讀者的印象，不僅是一個女子的這種裝束和情態而已，同時還可以看出她的苗條的身材，富於感情的內心以及她的整個標格和丰韻，覺得這是一個值得愛慕的女子。這原因，就和作者運用精鍊準確的字句有關。如裏面用了兩個『一』字，一個『兒』字，一個『輕』字，兩組重疊字『澹澹』和『薄薄』，都能夠使得這個人物形象更加有『亭亭玉立』的風致，整個標格和丰韻都從中透露出來。也許有人認爲這首詞不一定是李煜寫的，材料本身有問題。我們再看上面已經舉出的『曉妝初過』一首吧。這首詞寫的是一個小巧玲瓏、邀寵逞嬌的歌女。李煜就抓住了要表現這類人物現象的特徵，用『輕注些兒箇』、『微露』、『暫引』、『斜憑』、『笑……唾』等等，沒有用一個表現粗重的動作或者濃艷的色澤的字眼，使人看到、聽到、感受到的和他所要表現的人物形象，都十分和諧，完全一致，這就是李煜創造了精鍊準確的字句的功效。

以上略談李煜詞在藝術上的成就。

李煜詞的思想内容，儘管沒有什麽反動的質素，有些地方還能夠引起人們的同情，但總不能説成具有什麽積極的因素或進步的意義，我們是不能給予過高的評價的。李煜詞所以能夠感動人，獲得人們的愛好，並且對後來的詞人有相當大的影響，主要是在它們的藝術力量，因而我們對他的藝術成就應給予適當的評價。如果只看到他是騎在人民頭上的小皇帝，而忘記他同時是一個具有多方面的才能的文學藝術家，是一個傑出的詞人；只看到他沒有和人民站在一起或對人民有利的思想感情以及他沒有什麽像我們所要求的愛國主義思想，而忘記他是一個具有極大的局限性的封建割據時代的小皇帝；於是就對它們的思想内容完全加以否定，把他寫偷情行爲的作品比做西門慶和潘金蓮的醜態，把他後期表現悲哀怨恨的作品也看成會引導人們走向悲觀、頹廢的道路，那是不符合事實的。但是，如果因爲李煜詞的藝術性很高，就忽視了它們的具體内容——描寫對象和作者的思想感情的局限性，把它們擡高到和屈原、杜甫等人的作品有同等的地位，那也是不應該的。我們研究李煜詞，應該把李煜的思想内容和藝術成就切實地確定在詞這方面，詞外的有關李煜的東西，只能作爲理解他的詞的引線或幫助，而不應該硬把他的詞裏所没有的東西來評價他的詞。我們對他的詞也應該著重在藝術方面的分析和説明，因爲這才是值得我們今天接受的寶貴遺産。總之，我們可以這樣肯定地説：李煜詞有高度的藝術成就，李煜是我國歷史上最傑出的詞人之一。

六

李璟、李煜詞合刊本，現在所知道的是南宋末陳振孫的《直齋書錄解題》裏所載的《南唐二主詞》，共一卷。在此以前，尤袤的《遂初堂書目》中的『樂曲類』載有《李後主詞》，但没有李璟詞的專集，《李後主詞》下面也没有標出附李璟詞。流傳下來最早的刻本是明萬曆庚申（一六二〇）春吕遠刻的墨華齋本，有譚爾進序，又有『明譚爾進抑之校』的字樣，當係譚校吕刻本（原刻未見，據趙萬里先生影寫本）〔二〕。此後，有康熙時侯文燦刻《十名家詞集》本（亦園藏本），光緒時金武祥《粟香室叢書》覆刻侯

〔二〕譚、吕兩種原刻本，我都没有看到。我所看到的譚本是趙萬里的影寫本，吕本是劉繼增校箋本。

本，劉繼增《南唐二主詞箋》排印本〔二〕，宣統時沈宗崎《晨風閣叢書》刻王國維校補南詞本。民國以來，雖有不少關於「二主詞」的著作，但一般還是依據上列幾種本子的。此外，劉箋本序説有毛晉汲古閣舊鈔本，唐圭璋先生《南唐二主詞彙箋》序説有朱景行自《永樂大典》録出之《全唐詩》本，王仲聞先生來信説有吴訥本和蕭江聲鈔本，我都未曾看過。

各本的篇數完全相同，只是吕刻墨華齋本多出《搗練子》「雲鬟亂」一首，注：「出升庵《詞林萬選》，録在篇末。查汲古閣《詞苑英華》本楊慎《詞林萬選》録李煜詞前後凡二首——《菩薩蠻》：「銅簧韻脆鏘寒竹」首和這一首。楊慎以前，未見把這首詞作爲李煜詞的記載。楊慎係明弘治、正德、嘉靖間人（一四八八——一五五九），録這詞不知有何根據。吕刻既然標明「出升庵《詞林萬選》」，則在原本之外增補這一首的意義是很明顯的（劉箋已説過）。

各本編列的次序一樣。但，既不按照寫作年代的先後，又不按照調子字數的長短，都是隨得隨編，很爲雜亂。

各本的文字頗有異同，也互有長短。我個人的看法，沈刻王國維校補南詞本最爲完善（王鵬運跋《陽春集》後過録彭元瑞開列的詞目中有南詞本《南唐二主詞》，不知即此本否）。據王國維説：「南

〔二〕 劉繼增自序作於「光緒庚寅（一八九〇）中秋。」徐延寬跋：「琱版早就，遲未印行，旋歸道山。友人某先生遽取版去，荏苒垂數年，卒亦未果印。某先生今下世，版且不可究詰矣。哲嗣書勳先生，因檢舊藏當日紅印樣本，重付鑄鉛排印。」現行本係民國七年無錫公立圖書館校印。

詞本《南唐二主詞》與常熟毛氏所鈔、無錫侯氏所刻同出一源，是南宋初年的輯本，可能就是《直齋書錄解題》所稱的宋長沙書肆所刊的本子。』又説：『輯錄這詞的人應在宋高宗紹興末年（約一一五九—一一六二年。』説見王氏《南唐二主詞後記》。因此，我這個本子，就用沈刻王校南詞本（《晨風閣叢書》本）作底本，以影寫呂刻本、侯刻本、粟香室覆侯本、《全唐詩》本，以及有關二主詞的各專集、各選本、詞話、筆記之類互相比勘。我所未見的舊鈔本和朱錄本，仍據劉、唐箋本過錄；吳本和蕭抄本，則請王仲聞先生補校。此間的藏書不多，個人的見聞有限，這次的校勘工作，是得到人民文學出版社和王仲聞先生不小的幫助的。

關於注釋方面，爲便於青年知識分子的閱讀，原則上只解釋意義，不詳引出處。其中有些引用詩、詞或其他文章的，大約有下列幾種情況：第一，本來就有不同的説法，要加以别擇，不能不提出依據的；第二，句意較難明白，引證可以幫助説明的；第三，比較特殊的用法，非引用例比很難使人信服的。除此以外，我還把全首的作意和藝術手法等略加説明。這是『通人所不取』的，也最易陷於主觀片面，只是我自己對作品的一點粗淺的體會，提供一般年輕的讀者們參考，當然不能看成定論。這在老成持重、但求無過的人是不肯這樣做的。這樣做，可能招來不少的麻煩；但就我所接觸到的許多大學生和青年教師都有這樣的要求，我是屬於比較老一輩的人，有責任這樣做，於是我就不顧一切地這樣做下去。這從好的方面説，可以幫助他們理解這種比較難於理解的作品；從壞的方面説，也可能妨礙他們的獨立思考。

最後，我還不得不在這裏聲明一下，我所以做這種注釋和校勘，並且有的地方還加上一些附錄的工作，是有這樣的意圖的：　可以供一般初學者的閲讀，同時也可以供有意深入鑽研者的參考。前者只看注釋部分就够了；　後者就可以兼看校勘以下的部分得到一些找尋資料的線索。至於不録各家對李璟、李煜詞的評語的原因，一則因爲古人的評語，一般都不很具體，如果不經過解釋，對一般讀者的幫助不大；　二則因爲唐圭璋編有《詞話叢編》凡六十種，有意研究的人可以自行翻閲。（有關作品的寫作時間或本事的評語，我也附録一些。）

這個本子是我在幾個月内擠出時間完成的，我的業務水平和理論水平都很不够，又没有較鬆裕的時間可以較深入地考慮問題，較廣泛地搜集材料，錯誤和遺漏的地方一定不少，希望讀者們多多指正。

詹安泰

目次

補遺

李璟詞

李煜詞

附録四　李璟李煜文

李璟文

李煜文

附　關於李璟李煜詞篇目的説明

李璟李煜詞篇目的名稱，均依據王國維輯補南詞本《南唐二主詞》。同調而不止一首的，在調名下注明首句，以示區别，也較便翻檢。（《浪淘沙》、《浪淘沙令》實同調，故各注出首句。）篇目的次第：李璟詞仍舊；　李煜詞則是我重新編排的。因爲現存的幾種比較古老的本子，編排次序都很雜亂，既不按年代的先後，又不按調子的字數，并且攙入一些别人的作品，漏掉一些李煜的作品，實有重新整比的必要。我這個本子，就是意圖從作者寫作時期的先後來編排的。雖是我自己的看法，未必首首有確切的依據，但這樣的編排，對李煜的生活作風、思想感情以及創作活動轉變的過程，似乎可以看出一些線索。其中有些明知是别人的作品攙進去的，如《更漏子》爲温庭筠作，《蝶戀花》爲李冠作，均爲抽出，列入補遺。至於《臨江仙》一首，雖經夏承燾據陳鵠《耆舊續聞》考出爲他人所作（見《南唐二主年譜》），但還未成定論，仍列入《破陣子》前。《柳枝》和《漁父》二首之爲李煜的作品，一向没有異説。王國維對《漁父》雖曾懷疑，並無確證，故仍歸入李煜詞内。《補遺》中的詞，除我新列入兩首和王國維輯補十二首中的九首之外，更增入唐圭璋從邵長光輯録本録出的《開元樂》一首。

詹安泰附識

李璟李煜詞 南唐二主詞

李璟詞

應天長 後主云：先皇御製歌辭墨蹟在晁公留家。

一鈎初月〔一〕臨妝鏡，蟬鬢〔二〕鳳釵〔三〕慵不整〔四〕。重簾靜，層樓迴〔五〕，惆悵落花風不定〔六〕！　柳堤芳草徑，夢斷轆轤〔七〕金井〔八〕。昨夜更闌〔九〕酒醒，春愁過卻病〔一〇〕。

【注釋】

〔一〕『一鈎初月』，指早上一彎纖細的月。一說指愁眉。

〔二〕『蟬鬢』，鬢是耳邊的髮，把鬢梳成蟬翼的樣子叫『蟬鬢』。

〔三〕『鳳釵』，釵是古代婦女用以簪髮的一種首飾，釵頭作鳳形的叫『鳳釵』。

〔四〕『慵』，懶。『慵不整』，即無心梳洗。

〔五〕『迥』，寥遠的意思。

〔六〕『惆悵』句，無定向的風亂吹著落花，象徵女人離開男人彷徨無依的生活。女人看了這種景象，感念到自己的身世，就會『惆悵』起來。

〔七〕『轆轤』，井上汲水的工具。

〔八〕『金井』，井欄有金碧輝煌的雕飾的叫『金井』。

〔九〕『更闌』，即更深。

〔一〇〕『春愁過卻病』，是説把春愁和病比較起來，春愁比病更難堪。

【賞析】

這詞是描寫一個女人傷春傷別的心情。開首寫她心情很不愉快，懶得對鏡梳妝；接著寫她所處的環境：樓高人靜，風吹花落，越發引動青春易逝之感。這都是從現場生活作精細的刻劃。以下更加强了描寫的廣度和深度：説在那柳蔭下芳草中共同游樂的人，現在夢想也不可到，這就把境界擴大了；説昨夜曾燈前對酒，意圖消除愁悶，可是夜深酒醒，春愁更增，比病還要難受，這就把情味加深了。通過這樣的各個方面的描寫，這傷春傷別的女人的生活現象和内心活動便很突出地呈現在讀者的眼前。這是很簡鍊、深刻的寫法。這詞結構的完整性也是值得注意的：開首説早起，結尾説昨夜，首尾很密切的貫通著。正由於昨夜的酒醒愁多，今早才無心梳洗（這種寫法，傳統上叫『逆寫』，因先説現在，再説過去，在次序上是逆溯）； 上段結尾寫風花不定，下段接著説柳堤芳草，也聯繫得很緊。既然感到風飄花落的難堪，進一步就自然會依戀著過去的趁時游樂的生活了。這樣的寫法，雖然不是一個什麼公式，但『首尾相救，過片不斷』，就詞的結構的完整性來説，還是值得注意的。

【校勘】

這詞並見馮延巳《陽春集》（四印齋本，後同。侯刻《陽春集》有異文的另行標出。）歐陽修《近體樂府》（雙照樓本，後同）。《陽春集》調下注：『李後主』。

《草堂詩餘》續集（長湖外史類輯、天羽居士評箋、古香岑《草堂詩餘》四集本，以後簡稱《續集》）、御選《歷代詩餘》（原刊本，後同）均作李後主作；《詞綜》（裘杼樓本，後同）、欽定《詞譜》（原刊本，後同）均作馮延巳作； 萬樹《詞律》（光緒刊本，後同）作歐陽修作。《續集》題作《曉起》。

題下注，呂遠墨華齋本（趙萬里影印本，以後簡稱『呂本』），侯文燦亦園藏本（侯文燦原刻《名家詞集》中的《二主詞》，以後簡稱『侯本』）均作『後主書云』。呂本、侯本均無『御製歌辭』四字。侯本注在篇末。

『一鈎』，《近體樂府》、《詞律》、《詞譜》均作『一彎』。

『初月』，侯本、《陽春集》均作『新月』。《陽春集》『新』下注：『別作「初」』。

『妝鏡』，《陽春集》、《近體樂府》、《詞律》、《詞譜》均作『鸞鏡』。《陽春集》『鸞』下注：『別作「妝」』。

『蟬鬢』，《陽春集》、《近體樂府》、《詞律》、《詞譜》均作『雲鬢』。《陽春集》『雲』下注：『別作「蟬」』。

『重簾靜』，《陽春集》、《近體樂府》、《詞律》、《詞譜》均作『珠簾靜』。《陽春集》『珠』下注：『別作「重」』。毛刻《六一詞》（毛晉刻汲古閣《宋六十名家詞》本）『靜』作『淨』。『層樓迥』，《陽春集》『層』作『重』，下注：『別作「層」』。

侯本『迴』誤作『適』（粟香室本已改正）。『落花』，林大椿《近體樂府・校記》：『祠堂本作「落月」』。『柳堤』兩句，《陽春集》、《近體樂府》、《詞律》、《詞譜》均作『綠烟低柳徑，何處轆轤金井』。《陽春集》『柳』下注：『別作「柳堤芳草」』，『何處』下注：『別作「夢斷」』。吳訥《唐宋名賢百家詞・南唐二主詞》（以後簡稱吳本）上句末一字誤作『遙』。

『過卻』，《陽春集》、《近體樂府》、《詞律》、《詞譜》均作『勝卻』。《陽春集》『勝』下注：『別作「過」』。侯刻《名家詞集》中《陽春集》與四印齋本同，惟無句中小注，在篇末注：『此首與南唐李中主詞小異，《蘭畹集》誤作歐陽永叔』。

望遠行

玉砌〔一〕花光錦繡明〔二〕，朱扉〔三〕長日鎮長扃〔四〕。夜寒不去寢難成，爐香烟冷自亭亭〔五〕。　殘月秣陵砧〔六〕，不傳消息但傳情。黃金窗下忽然驚：征人〔七〕歸日二毛生〔八〕！

【注釋】

〔一〕『玉砌』，玉一般的石級。

〔二〕『錦繡明』，像織成的錦繡一樣的明麗。

〔三〕『朱扉』，『朱』，紅色。『扉』，門扇。

〔四〕『扃』，原係關閉門户的横木，這裏作關閉解。『鎮長扃』，老是關閉著。

〔五〕『亭亭』，裊裊上升的樣子。這句是説，爐香的烟已經冷了，香烟還像獨自裊裊上升著。這當然是一種幻覺，是從經常不寢，焚香等待什麼産生出來的一種境界。但一經這樣寫，就不但表現出他期待心情的迫切，也更具體地刻劃出他的睁開眼睛睡不著。

〔六〕『秣陵』，今南京。『砧』，搗衣石。

〔七〕『征人』，即離家外出的人。

〔八〕『二毛』，即毛髮斑白。因爲斑白的毛髮雜著白毛和黑毛，所以叫『二毛』。

【賞析】

這是一首抒寫懷念遠人的小詞。日間花光明媚，正堪遊樂，而這人關門不出，既然可以看出這人的心已蒙上了重重的暗影，無法開朗了；加以夜間睡不著，老是在等待著什麼似的，更可以看出這人的心已煎熬到極其焦迫的境地；何況又傳來月下的砧聲，聲聲搗碎離人心，而消息依然是沈沈！過著這樣度日如年的生活的人，發出『回得家時頭髮該是斑白了！』的驚嘆，就成爲合情合理的事了。篇中可能是表現一種意圖不易實現，到實現時又怕過了時限不能發生作用的一種矛盾曲折的心情。由於作者運用了映襯、聯想、渲染種種的藝術手法（開首是映襯，『爐香』句是聯想，『殘月』兩句是渲染），通過具體生動的形象表現出來，就使得作品充滿了生活的氣息。使人感到的是反映生活的真實而不是抽象的概括。

【校勘】

這詞各本《南唐二主詞》、黄昇《花庵詞選》（涵芬樓影印明刊本，後同）、溫博《花間集補》（涵芬樓影印玄覽齋本，後同）、《詞譜》均作中主作；（《詞律》、《全唐詩》（原刊本，後同）、《歷代詩餘》均作後主作；陳耀文《花草粹編》（陶風樓影印明萬曆刊本，後同）則作南唐李主作。

「玉砌」，呂本、侯本、《花庵詞選》、《花間集補》、《詞律》、《全唐詩》、《詞譜》均作「碧砌」；《花草粹編》作「繞砌」。吳本「玉」字空格。

「錦繡明」，《花庵詞選》、《花間集補》、《全唐詩》、《詞律》、《詞譜》均作「照眼明」。「朱扉」句，《花草粹編》作「朱扉鎮日長扃」。

「夜寒」，呂本、侯本、《花庵詞選》、《花間集補》、《全唐詩》、《詞譜》均作「餘寒」；《詞律》作「餘香」。吳本「夜」字空格。

「不去」，《花庵詞選》、《花間集補》、《全唐詩》、《詞律》、《詞譜》均作「欲去」。

「寢」，各本均作「夢」。

「亭亭」，吳本下一「亭」字空格。

「殘月」，呂本、侯本、蕭江聲鈔本（以後簡稱蕭本）、《花庵詞選》、《花間集補》、《詞律》、《全唐詩》、《詞譜》均作「遼陽月」。《詞譜》注：「按《花草粹編》前段第二句「朱扉鎮日長扃」，換頭句「殘月秣陵砧」，各少一字，今從《二主詞》原本校定」。吳本「殘」字空格。「窗下」，《花庵詞選》、《花間集選》、《詞律》、《全唐詩》、《詞譜》均作「臺下」。呂本篇末

注：『不去，《花間集》作「欲去」。』（按呂本注《花間集》，實係溫博《花間集補》，後同。）

浣溪沙 二首

手捲真珠上玉鈎〔一〕，依前春恨鎖重樓〔二〕。風裏落花誰是主〔三〕？思悠悠！青鳥不傳雲外信〔四〕，丁香空結雨中愁〔五〕。回首緑波三楚莫〔六〕，接天流。《漫叟詩話》云：『李璟有曲云「手捲真珠上玉鈎」，或改爲「珠簾」，非所謂知音者。』

【注釋】

〔一〕『真珠』，指珠簾。『玉鈎』，以玉琢成的簾鈎。

〔二〕『依前』句，是説依然和往時一樣把春恨鎖住在重樓裏面，也就是説，重樓裏還是和往時一樣充滿了春恨。

〔三〕『風裏』句，是説落花隨風飄蕩無所歸宿，誰是它的主人呢？

〔四〕『青鳥』，代替帶信的人。一説係美人的代語。『雲外』，指遥遠的地方。

〔五〕『丁香』句，『丁香結』原來就是丁香的花蕾，詩人把它來象徵愁心。李商隱《代贈》詩：『芭蕉不展丁香結，同向春風各自愁。』賀鑄《石州慢》詞：『欲知方寸共有幾許新愁，芭蕉不展、丁香結。』都是很明顯的例子。這裏集中在丁香結，而加上雨中的境界，又加一『空』字（『空』是徒然的意思，表示無人理會得)，使比象愁心的丁香花蕾更淒艷動人，更值得憐憫。

〔六〕『三楚』，指南楚、東楚、西楚。三楚究竟在什麽地方，有幾種説法，《漢書・高帝紀》『羽自立爲西楚霸王』句注：『孟康曰：「舊名江陵爲南楚，吴爲東楚，彭城爲西楚。」師古曰：「孟説是也。」』這説法似較合。黄滔《秋色賦》：『空三楚之暮天，樓中歷歷；滿六朝之故地，草際悠悠』和這句意可相印證。

【賞析】

這詞充滿了愁恨和感慨。一開簾即滿懷春恨，並且是累積下來的跟往常一樣的春恨，這情緒是多麽飽滿！風裏落花是高度集中的寫法，是舉出一種最突出的景物來象徵春恨的内涵。從這種景象看，很明顯，這是在彷徨不安、無可告訴的情況之下産生出來的。因而接著就説，没有信使傳達消息，而愁恨越發固結不可解。情況糟到這個地步，還有什麽辦法呢？只有對著值得依戀的廣漠的江天寄託浩渺的懷思而已。細看這詞，在深長愁恨中表露出彷徨無措的心情，又對著江天致其無窮的依戀，當非一般的對景抒情之作，可能是李璟當南唐受周威脅得很厲害的時候，借這樣的小詞來寄託自己的遭遇和懷抱的。

【校勘】

調名，毛本《尊前集》(毛晉刻汲古閣本、朱孝臧《彊村叢書》本《尊前集》作《浣溪沙》。以後毛本、朱本同的，僅標

《尊前集》。不同的以毛本、朱本標出）、《花庵詞選》、《花間集補》、《詞綜》、《詞譜》、張宗橚《詞林紀事》（掃葉山房本，後同）、吳虎臣《十國春秋》（漱石山房本，後同）引均作『山花子』。《妙選羣英》、《草堂詩餘》（涵芬樓影印明刊本，以後簡稱《妙選》）調名下注：『此調乃「攤破浣溪沙」，一名「山花子」』，調上標『春恨』。程明善《嘯餘譜》（張漢瑞凝堂重訂本，後同）列入『山花子第二體』，注：『一名「添字浣溪沙」』。《草堂詩餘》正集（顧從敬類選，沈際飛評正，古香岑《草堂詩餘》四集本，以後簡稱《正集》）、《詞律》、《全唐詩》均作『攤破浣溪沙』，注：『一名「山花子」。』（《詞律》錄『菡萏香銷』首）。《歷代詩餘》作『南唐浣溪沙』，注：『稱南唐者，以李璟「細雨」、「小樓」二句膾炙人口得名也。』《詞譜》注：『於各種名稱外，加上「感恩多令」。』

這詞，《尊前集》、劉斧《翰府名談》（見阮閱《詩話總龜》卷十二引，涵芬樓影印明刊本，後同）、《花庵詞選》、《花間集補》、《嘯餘譜》均作李後主詞； 毛訂《草堂詩餘》（毛晉刻汲古閣本，武陵逸史編，隱湖小隱訂。以後簡稱『毛訂』）不標作者姓名。《類編草堂詩餘》（顧從敬編次，韓俞臣校正，經業堂本，以後簡稱《類編》）、『毛訂』、《正集》、宋校《草堂詩餘》（楊慎評點，宋澤元校訂，《懺花庵叢書》本，以後簡稱『宋校』）均題作『春恨』。

『手捲真珠』，馬令《南唐書》（涵芬樓影明本，後同）、《花間集補》均作『手捲珠簾』。《正集》『真珠』下注：『一作「珠簾」。』

『鏁重樓』，朱本《尊前集》作『鎖眉頭』，朱孝臧校記：『「眉頭」』，毛晉刻本作「重樓」』。『三楚』，《花庵詞選》、《草堂詩餘》（指各本《草堂詩餘》，後同）、《花間集補》、《嘯餘譜》、《詞綜》、《全唐詩》、《歷代詩餘》、《詞林紀事》均作『三峽』； 馬令《南唐書》作『春色』（《詩話總龜》後集卷三十二引《南唐書》作『三峽』）。

篇末注，吳本、呂本、侯本均無『者』字。末句，蕭本、《詩話總龜》引、《説郛》本《漫叟詩話》『句法』條引均作『非所謂遇知音』。（侯本『詩話』誤作『詩語』，『璟』作『景』。）

又

菡萏〔一〕香銷翠葉殘，西風愁起綠波間〔二〕，還與韶光共憔悴，不堪看！　細雨夢回鷄塞遠〔三〕，小樓吹徹玉笙寒〔四〕。多少淚珠無限恨！倚闌干。馮延巳作《謁金門》曰：『風乍起，吹皺一池春水。』中主曰：『干卿何事。』對曰：『未若陛下「小樓吹徹玉笙寒」也。』荆公問山谷，江南詞何處最好？山谷以『一江春水向東流』爲對。荆公云：『未若「細雨夢回鷄塞遠，小樓吹徹玉笙寒」。』又『細雨濕流光』最妙〔五〕。

【注釋】

〔一〕『菡萏』，荷花的别名。

〔二〕菡萏是生長在綠波中的，由於菡萏的香銷葉殘，就使得西風吹動菡萏時也不能不同情它而愁苦起來，不像以前很親熱地吻著它時，顯出娬媚的姿態和愉快的心情一般，所以説『西風愁起』。這是從人的感受來説明物的感情的，是一種物類人格化的寫法。

〔三〕『鷄塞』，即鷄鹿塞。《漢書·匈奴傳》下：『漢遣長樂衛尉高昌侯董忠、車騎都尉韓昌將騎萬六千，又發邊郡士馬以千數，送單于出朔方鷄鹿塞。』注：『師古曰：「在朔方窳渾縣西北。」』按，在今陝西省横山縣西。詩人往往用以代表邊遠的地點，也簡稱『鷄塞』。如馬祖常《次韻繼學》詩：『鷄塞西寧外，龍沙北極邊。』是一個例子。

〔四〕『笙』，一種樂器，共十三管，依次裝置在一個圓瓠裏面，管底安放薄葉，吹之能够發聲。

〔五〕上段見馬令《南唐書》，下段見無名氏《雪浪齋日記》（見胡仔《苕溪漁隱叢話》前集卷五十九引、阮閱《詩話總龜》後集卷三十二引、《類編》、《正集》的附注，《妙選》注於《虞美人》後），惟『江南』作『李後主』，文字也稍爲不同。『細雨濕流光』，馮延巳詞句。馮延巳《南鄉子》詞：『細雨濕流光，芳草年年與恨長。烟鎖鳳樓無限事，茫茫，鸞鏡鴛衾兩斷腸！魂夢任悠揚。睡起楊花滿繡牀。薄倖不來門半掩，斜陽，負你殘春淚幾行。』（陳鵠《耆舊續聞》以這句爲李後主詞，誤。《西塘集耆舊續聞》卷二：『趙德莊詞云：「波底夕陽紅濕」。「紅濕」二字，以爲新奇，不知蓋用李後主「細雨濕流光」與《花間集》「一簾疎雨濕春戀」之「濕」。』（據《知不足齋叢書》本）

【賞析】

這也是李璟抒寫滿懷愁恨的小詞。前段就景物寫，後段就人事寫。開首先描繪出香銷葉殘的殘荷的畫面，更從西風愁起，韶光憔悴來襯説，使那不堪目睹的形象更加鮮明突出，來説明『不堪看』的境況究竟達到什麽程度。然後轉從人事來説明。先就征夫説，『無邊絲雨細如愁』（秦觀《浣溪沙》詞句），細雨是一個織愁的環境，在細雨中入夢，夢中的境界應該是日思夜想的美妙快活的境界，可是夢總須醒，夢醒時竟依然一身遠在邊荒的地帶（鷄鹿塞中），這是多麽難堪的情況！再就思婦説，爲了思念遠離的愛人，在小樓上（月明中），吹透了玉笙，清寒入骨，仍未能使遠人歸來，這又是多麽難堪的情況！（陳子昂《别中岳真人序》：『玉笙吹鳳』，李俊民《籌堂壽日》詩『月明吹徹玉笙寒』，説出吹笙的作用和吹笙時的環境，可以幫助説明這句意。有人認爲『細雨夢回』和『小樓吹笙』是同出於一個人的感受，説也可通。）在這樣的情况之下，無窮怨恨無窮淚，就成爲完全可以理解的了。由於作者通過了普通的景物和情事來説明自己的鬱積著的愁恨，特殊而具有一般的意義，就給人以極其深刻的印象，容易引起人們的共鳴。

【校勘】

調名，毛本《尊前集》作《山花子》，注：「一作《浣溪沙》」。

這詞，《尊前集》、《花庵詞選》、《類編》、《花間集補》、「毛訂」、《嘯餘譜》、《正集》、「宋校」均作李後主作。「宋校」篇末附識：「陳眉公評本，此詞是南唐元宗作。」《類編》、「毛訂」、《正集》、「宋校」均題作「秋思」。

「緑波」，馬令《南唐書》作「碧波」。

「還與」，吴本、呂本、蕭本作「遠與」，呂本「遠」字下注：「《花間集》作『還』」。

「韶光」，吴本、呂本、侯本、馬令《南唐書》均作「容光」，蕭本、舊鈔本作「寒光」（據劉繼增《南唐二主詞箋》排印本，後同）。粟香室覆侯本篇末注：「案，『容光』，《詞綜》作『韶光』」（校刊人金武祥案，後同）。

「鷄塞遠」，馬令《南唐書》作「清漏永」，《詩話總龜》後集引《南唐書》作「鷄塞遠」。

「多少淚珠」，馬令《南唐書》作「簌簌淚珠」，吴本作「多少淚痕」。

「無限恨」，呂本、侯本、《尊前集》、《花庵詞選》、《類編》、《花間集補》、「毛訂」、《嘯餘譜》、《正集》、《詞綜》、《詞律》、《全唐詩》、《詞譜》、《詞林紀事》、「宋校」均作「何限恨」；馬令《南唐書》作「多少恨」。

「倚」，吴本、呂本作「寄」，呂本注：「《花間集》作『倚』」。

篇末注，吕本作『謁金門云』、『中主云』； 侯本『曰』均作『云』，又無『荆公問山谷』一段。

【附録】

馬令《南唐書》卷二十五《王感化傳》： 『感化善謳歌，聲韻悠揚，清振林木，係樂部爲歌板色。元宗嗣位，宴樂擊鞠不輟。嘗醉命感化奏水調詞。感化惟歌「南朝天子愛風流」一句，如是者數四。元宗輒悟，覆杯嘆曰： 「使孫、陳二主得此一句，不當有銜璧之辱也。」感化由是有寵。元宗嘗作《浣溪沙》二闋，手寫賜感化。……後主即位，感化以其詞札上之，後主感動，賞賜甚優。』（劉繼增箋： 『案，王感化，《南唐近事》作「樂工楊花飛」。』）

李煜詞

浣溪沙 此詞見《西清詩話》

紅日已高三丈透。金爐次第添香獸〔一〕。紅錦地衣〔二〕隨步皺〔三〕。佳人舞點〔四〕金釵溜〔五〕，酒惡時拈花蕊嗅〔六〕。別殿遥聞簫鼓奏〔七〕。

【注釋】

〔一〕『香獸』，匀和香料作成獸形的炭。始用於晉代的羊琇，見《晉書·羊琇傳》。

〔二〕『地衣』，古時候鋪在地上的紡織品，好像今天的地毯。這裏所指的是紅錦織成的。

〔三〕『隨步皺』，是説跳舞時紅錦織成的地衣跟著脚步打皺。

〔四〕『舞點』，即舞透、舞徹。

〔五〕『溜』，是滑過、輕脱的意思。

〔六〕『酒惡』，就是喝酒到帶醉的時候，普通叫『中酒』，這是當時的方言。趙德麟《侯鯖録》卷八：

『金陵人謂「中酒」曰「酒惡」，則知李後主詩云「酒惡時拈花蕊嗅」，用鄉人語也。』（《稗海》本、《知不足齋叢書》本同）『齅』，即『嗅』字。

〔七〕『別殿』，帝王的居處，除正宫、正殿外，還有別宫、別殿、別館、別院之類。

【賞析】

這是李煜描寫自己一種荒唐放肆的生活，應該是他前期的作品。篇中都是實際生活的描寫，因而也就真實地反映了封建帝王縱情逸樂的醜態。開首從太陽已經升得高高了還如何如何説起，令人想見這是通宵達旦的情況，這就把縱情逸樂的時間拉長了。中間對當時豪華的設置和狂舞、醉酒的情態已經作了精細的刻劃，末了還飛來一陣別殿的簫鼓聲，令人想見帝王家裏的生活方式到處都是這樣，這又把縱樂的範圍擴大了。這麼一來，描寫的對象雖是一時一地的情況，但在反映某種生活上仍具有概括集中的典型意義。

【校勘】

吳本、呂本、蕭本題下注：『此詞見《西清詩話》。』（『此詞』，吳本作『此詩』）侯本注在篇末。《晨風閣叢嘗》本把此注移在上首《搗練子令》的篇末，顯然錯誤，現據各本改正。

『紅日』，蔡絛《西清詩話》、劉斧《摭遺》（見曾慥《類説》卷三十四）、陳善《捫蝨新話》（上集卷二，《叢書集成》據《儒學警悟》本，後同）均作『簾日』。

『三丈』,《摭遺》作『丈五』。
『舞點』,蕭本作『舞急』,《西清詩話》、《摭遺》均作『舞徹』。粟香室覆侯本篇末注:『案,「點」疑當作「颭」。』
『時拈』,《捫蝨新話》作『時將』。吳本誤作『時沾』。
『遙聞』,《西清詩話》、《摭遺》、《捫蝨新話》均作『時聞』。

一斛珠

曉妝初過,沈檀輕注〔一〕些兒箇〔二〕,向人微露丁香顆〔三〕。一曲清歌,暫引櫻桃破〔四〕。羅袖裛殘殷色可〔五〕,杯深〔六〕旋被香醪涴〔七〕。繡牀斜,憑〔八〕嬌無那〔九〕;爛嚼紅茸〔一〇〕,笑向檀郎唾〔一一〕。

【注釋】

〔一〕『沈檀輕注』,檀,是一種顏色,即淺絳色;色深而帶潤澤叫『沈』。這種色澤,唐宋婦女閨妝多用之:或用於眉端,或用於口脣,這裏是用在口脣的。有人認爲是一種香,實誤。《花間集》閻選《虞美人》詞:『臂留檀印齒痕香』,毛熙震《後庭花》詞:『歌聲慢發開檀點』都是以檀注脣的例證。『輕注』是輕輕注入,即點的意思。

〔二〕『些兒箇』,當時方言,即『些子兒』(『些子兒』),現在慣用了,其實也是當時的方言。見李調元《方言藻》)。《王直方詩話》:『(宋)太祖一夕翫月,命學士盧多遜曰:「可以作詩」。多遜曰:「請用何韻?」太祖曰:「用兒字韻。」多遜奏詩曰:「太液池邊月上時,好風吹動萬年枝。誰家玉匣新開鑑,露出清光些子兒?」』(見《詩話總龜》卷二十引)。這句的意思是承上句説,梳妝好了,口脣上還點了一些『沈檀』。

〔三〕『丁香』,本植物名,又叫『鷄舌香』,人家常用作女人舌的代稱。這句是説向人微微地露出自己的舌頭,表示很得意的神態。

〔四〕『櫻桃』,女人的口嬌小紅潤像櫻桃般,因而被稱爲櫻桃。白居易詩:『櫻桃樊素口』是明顯的例子。這句是説她歌唱時張開了小口。

〔五〕『裛殘殷色可』,『裛』,是沾濡。『殷色』是深紅色,一説是赤黑色。『可』連下文看,義同『猶可可』、『猶閒可』,即還不在乎、還不算什麽的意思。薛昭藴《浣溪沙》詞:『瞥地見時猶可可,卻來閒處細思量』,《西厢記》:『而今煩惱猶閒可,久後思量怎奈何』,都是在兩句中由淺到深的説法。這裏的『殷色可』比之下一句『香醪涴』,怕也是有程度淺深的差别。

〔六〕『杯深』,是説酒喝的多了。

〔七〕『香醪涴』,『醪』是汁滓相兼的醇酒,味甜。『涴』,同『汙』。

〔八〕『憑』,靠著叫憑。

〔九〕『嬌無那』,『那』讀同『挪』,『無那』猶無可奈何。『嬌無那』是無限嬌娜,身不自主的意思。

〔一〇〕『紅茸』,『茸』和『絨』通,刺繡所用的絲縷,也叫『茸綫』。有各種顔色,這裏是指紅色的茸綫。

〔一一〕『檀郎唾』，『檀郎』，古代婦女叫自己所愛的男子做『檀郎』。李賀詩：『檀郎謝女眠何處？』曾謙益注：『潘安小字檀奴，故婦女稱呼所歡爲檀郎。』又《堅瓠集》：『詩詞中多用檀郎字。檀，喻其香也。』『唾』吐出口裏的東西叫『唾』。

【賞析】

這是描寫一個歌女的情態，從出場到收場都加以精細的刻劃。因爲寫的是歌女，故著重寫她的口中的表現。給人印象最深的是結尾嚼絨唾檀郎的描寫，從這種動作中來表達出女人撒嬌的神態，在以前是没有被發現過的。

【校勘】

《草堂詩餘》别集（沈際飛選評，秦士奇訂定，古香岑《草堂詩餘》四集本，以後簡稱『别集』）題作『詠佳人口』，《歷代詩餘》題作『詠美人口』。

『曉妝』，《花草粹編》、《花間集補》、《全唐詩》、《歷代詩餘》、《詞譜》均作『晚妝』。『别集』注：『一作「晚」，誤』。

吳本、侯本『向人』下注：『缺一字』。

『唾』，蕭本作『吐』。

玉樓春 已後二詞，傳自曹功顯節度家，云墨跡舊在京師梁門外李王寺一老尼處，故蔽難讀〔一〕。

晚妝初了明肌雪〔二〕，春殿嬪娥〔三〕魚貫列〔四〕。笙簫吹斷水雲閒〔五〕，重按霓裳歌偏徹〔六〕。　臨春誰更飄香屑〔七〕？醉拍闌干情味切。歸時休放燭光紅，待踏馬蹄清夜月〔八〕。

【注釋】

〔一〕『曹功顯節度』，曹勛，字功顯（《宋史》本傳作『公顯』），陽翟人。曾從宋徽宗（趙佶）北遷。高宗（趙構）建炎（一一二七—一一三〇）初曾建議募死士航海，入金國東京，奉徽宗由海道歸。因得罪執政，謫爲外官，九年不得升遷。後來曾做江西兵馬副都監、成州團練使、忠州防禦使、容州觀察使等職。紹興二十九年（一一五九）爲昭信軍節度使。孝宗（趙昚）時，加太尉、提舉皇城司、開府儀同三司。淳熙元年（一一七四）卒，贈少保（見《宋史》卷三百七十九本傳）著有《松隱樂府》。

〔二〕『明肌雪』，肌膚明潔像雪般。溫庭筠《女冠子》詞：『鈿鏡仙容似雪。』韋莊《菩薩蠻》詞：『皓腕凝雙（一作霜）雪。』都是把『雪』來形容肌膚的白滑。

〔三〕『嬪娥』，統指宮殿中的婦女。

〔四〕『魚貫列』，即按次序排列著，因像魚游水一條條先後貫串著的樣子，故叫『魚貫』。

〔五〕『水雲』，水態雲容，原極相似；遠水天雲，又遥相接；流水行雲，更可象徵自然、閒澹、悠長、瀟灑的景象情致；因此詩人往往把水雲連用。例如蕭慤《春日曲水詞》：『山頭望水雲，水底看山樹。』王昌齡《巴陵送李十二》詩：『日暮蒹葭空水雲。』

〔六〕『霓裳歌偏徹』，《樂苑》：『《霓裳羽衣曲》，開元中西涼府節度楊敬述進。』白居易《霓裳羽衣舞歌》自注云：『散序六遍無拍。』又云：『中序始有拍，亦名拍序。』又云：『霓裳曲十二遍而終』。沈括《夢溪筆談》：『霓裳曲凡十二疊，前六疊無拍，至第七疊方謂之疊徧，自此始有拍而舞。』周密《齊東野語》：『霓裳一曲，共三十六段。嘗聞紫霞翁（楊纘）云：幼日隨其祖郡王曲宴禁中，太后令内人歌之，凡用三十人，每番十人奏，音極高妙。』王國維《唐宋大曲考》云：『霓裳，唐人謂之法曲，不云大曲。所以謂之法曲者，以其隸於法曲部而不隸於教坊故。然由其體製觀之，固與大曲無異也。唐之霓裳，散序六遍，中序以下十二遍。』又云：『大曲各疊，名之曰「遍」。「遍」者，「變」也。古樂一成爲變。《周禮·大司樂》：樂有六變、八變、九變。鄭注云：變，猶更也，樂成則更奏也。』從這裏我們可以看出霓裳是一種舞曲（法曲、大曲都有舞曲。張炎《詞源》『拍眼』條：『所以舞法曲、大曲者必須以指尖應節……』可證），它有十八遍（也叫『疊』），三十六段（每遍二段），前六遍無拍不舞，以後才有拍而舞。『徹』字這裏雖没有提到，但從『霓裳曲十二遍而終』的説法，和郭茂倩《樂府詩集·近代曲辭》中的『大和』凡五首，第五首叫『第五徹』看來，似乎就是『終』、『末』的意思。

〔七〕『香屑』，即百和香。《詞林紀事》引許蒿盧説：『飄香屑，疑指落花言之。』

〔八〕這句説月夜騎馬歸去。這是李煜前期的作品，描述在宮殿中縱情游樂的情形。前段寫出場有許多美人奏樂歌唱的盛況，後段刻劃洋洋得意的神態，直至收場踏月歸去。

【校勘】

調名，《全唐詩》作「木蘭花」，注：「一名『玉樓春』，一名『春曉曲』，一名『惜春容』」。《詞譜》卷十二在「玉樓春」調名下注：「李煜詞名『惜春容』」。劉繼增箋：「案《詞譜》云：李煜詞名《惜春容》，所見與此本異。」《類編》、「毛訂」、《正集》、「宋校」均題作「宮詞」。調下注，「已後」，吳本、呂本、蕭本作「已下」。「曹功顯」，吳本、呂本、侯本均作「曹公顯」。「一」字，蕭本無。「老尼處」，吳本、呂本、侯本均作「老居士處」。侯本注在下首《子夜歌》的末尾，「已後」作「已上」。

「嬪娥」，徐釚《詞苑叢談》（《海山仙館叢書》本，後同）引作「嫦娥」。

「笙簫吹斷」，《花草粹編》作「笙歌吹斷」。《正集》作「鳳簫吹斷」；「鳳」下注：「一作『笙』，誤」；「吹」下注：「一作『初』，誤」；《詞綜》、《全唐詩》、《詞譜》、《詞林紀事》均作「鳳簫聲斷」；《草堂詩餘雋》作「鳳簫初斷」（據唐圭璋箋）。

「水雲間」，《草堂詩餘》、《花草粹編》、《詞綜》、《全唐詩》、《詞林紀事》均作「水雲閑」（《正集》和「宋校」作「閒」，同）。吳本「間」字空格。

「臨春」，「毛訂」、《詞綜》、《全唐詩》、《詞譜》、《詞林紀事》均作「臨風」。

「情味」，《妙選》、陳校《草堂詩餘》（陳鍾秀校刊本，以後簡稱「陳校」）、《花草粹編》、《花間集補》，「毛訂」、《詞綜》、《詞苑叢談》引、《全唐詩》、《詞譜》、《詞林紀事》均作「情未」。

『休放』，吳本、呂本、侯本、蕭本、《妙選》、『陳校』、《類編》、《花草粹編》、《花間集補》、《詞苑叢談》引、《詞林紀事》均作『休照』。

『燭光』，吳本、呂本、侯本、蕭本、《草堂詩餘》、王世貞《弇州四部稿》引（見馮金伯《詞苑萃編》卷三）、《花草粹編》、《花間集補》、『毛訂』、《詞綜》、《詞苑叢談》引、《全唐詩》、《詞譜》、《詞林紀事》均作『燭花』。

『待踏』，吳本、呂本、侯本、蕭本、《妙選》、『陳校』、《類編》、《花草粹編》、《花間集補》、『毛訂』、『宋校』均作『待放』；《正集》『踏』下注：『一作「放」，誤』。

【附錄】

馬令《南唐書》卷六《女憲傳》：『後主昭惠后周氏，小字娥皇……通書史，善音律，尤工琵琶。……唐之盛時，霓裳羽衣最爲大曲，罹亂，瞽師曠職，其音遂絶。後主獨得其譜。……后輒變易訛謬，頗去洼淫，繁手新音，清越可聽。』

王灼《碧鷄漫志》卷三：李後主作《昭惠后誄》云：『霓裳羽衣曲，綿兹喪亂，世罕聞者，獲其舊譜，殘缺頗甚，暇日與后詳定，去彼淫繁，定其缺墜。』（《知不足齋叢書》本在此下注：『灼所引似是誄後注文，今失傳云。』）《漁隱叢話》前集卷二十四：『此曲（指霓裳羽衣曲）世無譜，好事者每惜之。《江表志》載周后獨能按譜求之。徐常侍鉉有《聽霓裳送以詩》，云：「此是開元太平曲，莫教偏作別離聲。」則江南時猶在也。』（《海山仙館叢書》本，後同。）按《徐公文集》（《騎省集》卷五，此詩題作《又聽霓裳羽衣曲送陳君》）。

王銍《默記》中：『小説載（陶九成《説郛》『載』字下有『伐』字，更佳。——宛委山堂本，後同）江南大將獲李後主寵姬者（《説郛》作『夜』），見燈輒閉目，云「氣」。易以蠟燭（《説郛》作『燈』），亦閉目，云「烟氣愈甚」。曰：「然則宮中未嘗點燭耶？」云：「宮中本閣每至夜則懸火（《説郛》作『大』）寶珠，光照一室如日中也。」』（商務印書館校印本，後同。）

徐釚《詞苑叢談》卷六：『李後主宮中未嘗點燭，每至夜則懸大寶珠，光照一室如日中。嘗賦《玉樓春·宮詞》曰：「晚妝初了明肌雪，春殿嬪娥魚貫列。笙簫吹斷水雲間，重按霓裳歌遍徹。臨春誰更飄香屑？醉拍闌干情未切。歸時休放燭花紅，待踏馬蹄清夜月。」王阮亭《南唐宮詞》云：「花下投籤漏滴壺，秦淮宮殿浸虛無。從兹明月無顔色，御閣新懸照夜珠。」極能道其遺事。』

子夜歌

尋春須是先春早，看花莫待花枝老。縹色玉柔擎〔一〕，醅〔二〕浮盞面□（清）。□□（何妨）二字磨滅不可認，疑是『何妨』字。頻笑粲〔三〕，禁苑〔四〕春歸晚〔五〕。同醉與閒平〔六〕，詩隨羯鼓〔七〕成。

【注釋】

〔一〕『縹色玉柔擎』，『縹色』，青白色，淺青色。『玉柔』，指女人的手，潔白而又柔嫩的意思。『擎』，即舉。

〔二〕『醅』，未濾過的酒。

〔三〕『粲』，笑貌。《穀梁傳·昭公四年》：『軍人粲然皆笑。』注：『粲然，盛笑貌。』朱駿聲《説文通訓定聲》解作『露齒貌』。

〔四〕『禁苑』，帝王的苑囿，禁人隨便進去，叫『禁苑』。

〔五〕『春歸晚』，春天較遲，才過去。意思是説春天的景色，有較長時間可以玩賞。

〔六〕『閒平』，也作『閒評』，隨意平議什麽，品評什麽。

〔七〕『羯鼓』，一種樂器，狀如漆桶，下承以牙牀，兩頭俱擊。《通典·樂典》：『以出羯（匈奴別族）中，故號羯鼓，亦謂之兩杖鼓。』

【賞析】

這是寫春天裏在禁苑中過著飲酒賦詩的閒適生活。開首由人生應該及時行樂説起，次説女人勸酒，次説欣賞禁苑的春色，最後説賦詩。通篇都寫得比較自然平淡，和主題相適應。

【校勘】

『子夜歌』，《花草粹編》在『人生愁恨何能免』篇末注：『又一闋云：「尋春須是陽春早，看花莫待花枝老」，惜後不全』。《歷代詩餘》作《菩薩蠻》。

『醖浮』，朱本作『光浮』（朱景行自《永樂大典》録出之《全唐詩》本，據唐圭璋《彙箋》本校，後同）。

『盞面口』，吕本、蕭本、《歷代詩餘》均作『盞面清』。

『頻笑粲』，上闋二子，蕭本、《歷代詩餘》作『何妨』。

『磨滅』，吕本，侯本均作『漫滅』。『粲』吴本誤作『祭』。

『禁苑』，《歷代詩餘》作『禁院』。

『同醉』，朱本作『閒醉』。

『閒平』，吕本、蕭本作『閑評』。

『羯鼓』，《歷代詩餘》作『疊鼓』。『羯』，吴本誤作『揭』。

菩薩蠻

見《尊前集》。杜壽域詞亦有此篇，而文少異〔一〕。

花明月黯籠輕霧，今宵好向郎邊去！剗襪〔二〕步香堦，手提金縷鞋〔三〕。　畫堂〔四〕南畔見，一向〔五〕偎人顫〔六〕。奴爲出來難，教郎恣意憐〔七〕。

【注釋】

〔一〕宋杜安世，京兆人，有《壽域詞》。《壽域詞》有《菩薩蠻》三首，這詞列第二首（博古齋影印《宋六十名家詞》本）。李調元《雨村詞話》卷二『竄李後主詞』條：『杜安世詞多襲前人，《壽域詞》一卷，殊無足觀。如《菩薩鬘》……此南唐李後主詞，爲小周后而作也，膾炙人口已久，略改數字，竄入己集，不顧曇耻。』（《函海》本）

〔二〕『剗』，本來是削平的意思，這裏的『剗襪』，解作只以襪貼地。

〔三〕『金縷鞋』，指鞋面以金線繡成的鞋。

〔四〕『畫堂』，彩畫裝飾的廳堂叫『畫堂』。

〔五〕『一向』，『向』和『餉』通，即片時的意思。《妙選》、《草堂詩餘》注：『「一餉」謂一食之頃（『陳校』作一飯之頃）。』

〔六〕『顫』，身體抖動叫顫。

〔七〕『恣意憐』，『恣意』，即縱情、盡其所以的意思。『憐』，江東的方言，相愛叫憐，見郭璞注《爾雅釋詁》。

【賞析】

這是描寫一個女子偷偷地去和一個男人幽會的情況。開首先來這樣的一個境界：嬌艷的花，正開在朦朧淡月迷濛輕霧之中。似近似遠，若隱若顯，和主題的表現作個極其美妙的配合。接著用自己決定的口吻來點清主題。「剗襪」以下，極其生動細致地塑造了一個雙襪著地，一手提鞋，帶著慌張的神情而又輕輕地跑著的形象，真是一幅挺好的畫面。後段先描繪她會見男人時片刻間的羞怯的狀態，然後表白了自己的火熱的愛情，由於機會的難得，不能不縱情淫樂。描寫雖涉猥褻，但很大膽，很率真。

【校勘】

調名，《尊前集》作《子夜啼》，《詞綜》作《子夜》，杜安世《壽域詞》、《花草粹編》、《續集》、《全唐詩》、《詞林紀事》均作《菩薩蠻》。毛本《尊前集》調下注：「一本別見，或作「菩薩蠻」」。葉申薌《本事詞》（《詞話叢編》據天籟軒刊本）作「子夜歌」。卓人月《詞統》題作「幽歡」（據唐箋），《花草粹編》題作「與周后妹」。

調下注，侯本注在篇末，僅「見《尊前集》」四字。

「籠輕霧」，吳本、侯本、劉箋本、《花草粹編》、《續集》均作「飛輕霧」。《詞綜》「籠」下注：「一作「飛」」。《壽域詞》作「朦朧霧」。

「今宵好向」，吳本、呂本、侯本、《花草粹編》、《續集》均作「今朝好向」，《壽域詞》作「此時欲往」。

「郎邊」，李調元《雨村詞話》引作「儂邊」。

「剗襪」，馬令《南唐書》、《全唐詩》均作「衩襪」。《花草粹編》「剗」下注：「《南唐書》作「衩」」。《詞綜》「剗」下注：「一作「衩」」。

「步香階」，劉箋本作「出香階」，《尊前集》作「步香苔」，《壽域詞》、《歷代詩餘》（卷一百十三《詞話》）引《古今詞話》均作「下香階」。《詞綜》「階」下注：「一作「苔」」。

「手提」，《壽域詞》、《雨村詞話》引均作「手攜」。

『畫堂南畔見』，《壽域詞》作『藥闌東畔見』。

『一向』，侯本、《詞綜》、《全唐詩》、《歷代詩餘》引《古今詞話》、葉申薌《本事詞》引均作『一晌』，《壽域詞》作『執手』。

『奴』，《尊前集》、《詞綜》均作『好』，《詞綜》注：『一作「奴」』。

『出來』，《花草粹編》作『去來』，《雨村詞話》引作『出家』。《詞綜》『出』下注：『一作「去」』。

『教郎』，吳本、呂本、侯本、蕭本、《尊前集》、《花草粹編》、《續集》、《詞綜》、《全唐詩》均作『教君』，《壽域詞》、《雨村詞話》引均作『從君』。

【附録】

馬令《南唐書》卷六《女憲傳》：『後主繼室周氏，昭惠之母弟也，警敏有才思，神彩端靜（原注『二后之貌，見《周宗傳》』）。昭惠感疾，后常出入臥内，而昭惠未之知也。一日，因立帳前。昭惠驚曰：「妹在此耶？」后幼未識嫌疑，即以實告曰：「既數日矣！」昭惠惡之，返臥不復顧。昭惠殂，后未勝禮服，待年宮中。明年，鍾太后殂，後主服喪，故中宮位號久而未正。至開寶元年，始議立后爲國后。……后自昭惠殂，常在禁中。後主樂府詞有「衩襪步香階，手提金縷鞋」之類，多傳於外。至納后，乃成禮而已。翌日，大醼（宴）群臣，韓熙載以下，皆爲詩以諷焉，而後主不之譴。』

沈雄《古今詞話》卷上：『按，兩詞（指此詞及『銅簧韻脆』一首）爲繼立周后作也。周后即昭惠后之妹。昭惠感疾，周后常留禁中，故有「來便諧衷素」，「教君恣意憐」之語，聲傳外庭。至再納后，成禮而已。』（唐圭璋《詞話叢編》據澄暉堂本。葉中薌《本事詞》同此看法。）

沈際飛云：『正指小周后事。』（《草堂詩餘續集》眉評）

又

蓬萊〔一〕院閉天台女〔二〕，畫堂晝寢人無語。拋枕翠雲光〔三〕，繡衣聞異香。潛來〔四〕珠瑣動〔五〕，驚覺銀屏夢〔六〕。臉慢〔七〕笑盈盈，相看無限情！

【注釋】

〔一〕『蓬萊』，仙山名。《史記·封禪書》：『蓬萊、方丈、瀛洲，此三神山者其傳在勃海中，去人不遠，患且至，則船風引而去。蓋嘗有至者，諸仙人及不死之藥皆在焉。』

〔二〕『天台女』，天台是山名，在今浙江天台北。相傳漢劉晨、阮肇入天台山採藥，遇二女子，留了半年，回家時已經過了七世了，乃知那二女子是仙女。後人就把『天台女』作『仙女』的代稱。這句説在仙山的院裏留住了仙女，是比像在最舒適的地方住著最漂亮的女子。

〔三〕『拋枕』句，是描寫美人睡時頭髮和首飾覆於枕上的色澤，承上句『晝寢』説。

〔四〕『潛來』，凡不使人知的都叫『潛』，『潛來』是偷偷地來。

〔五〕『珠瑣』，『瑣』，疑指以環相勾連的環瑣，『珠瑣』是門上或身上的飾物，門動或身動都能作聲。

〔六〕『銀屏』，白色而有光澤的屏風或圍屏叫『銀屏』。

〔七〕『臉慢』，即『慢臉』。『慢』，曼的借字。『招魂』：『蛾眉曼睩。』《楚辭》王逸注：『曼，澤也。』『文選』五臣注：『曼，長也。』都是形容貌美的意思。毛熙震《女冠子》：『修蛾慢臉，不語檀心一點。』把『慢臉』和『修蛾』對稱，其義更爲明顯。

【賞析】

這是描寫在深院裏和一個美貌的女子調情的情況。前段描寫在一個深靜的環境中是如何纏綿，如何沈醉。後段寫『潛來』，寫『驚覺』，寫『笑』，寫『相看』，精細刻劃，生動活潑。通首都是真切生活的體現。

【校勘】

『人無』，《花草粹編》、《全唐詩》、《歷代詩餘》均作『無人』。

『瑣』，各本作『鎖』，同。

『銀屏』，《全唐詩》、《歷代詩餘》均作『鴛鴦』。

『臉慢』，《花草粹編》、《全唐詩》、《歷代詩餘》均作『慢臉』。

又

銅簧〔一〕韻脆〔二〕鏘寒竹〔三〕，新聲慢奏移纖玉〔四〕。眼色暗相鉤，秋波横欲流。

雨雲深繡户，未便諧衷素〔五〕。讌罷又成空，魂迷春夢中！

【注釋】

〔一〕『銅簧』，樂器中的薄葉，用銅片爲之，吹起來就能够發聲。

〔二〕『脆』，音響清越叫『脆』。

〔三〕『鏘寒竹』，『鏘鏘』，是形容一種聲音。這裏的『鏘寒竹』，是説寒竹裏發出鏘然的聲音。『寒竹』，指簫、笛、笙、竽之屬。

〔四〕『移纖玉』，『纖』，是細小；『玉』是玉指；『移纖玉』，即移動尖細的手指，是吹奏時的情形。

〔五〕『諧衷素』，『諧』是諧合的意思，『素』即情愫，『衷素』即心情。『諧衷素』，指狎暱淫褻的舉動。一説指談心。

【賞析】

這是在筵席上鍾情和依戀一個奏樂的女子的自白。先寫聲樂和演奏的情況，次寫情感相通，再次寫諧合的未便，最後寫魂牽夢縈。有人從『來便』的本子並據《古今詞話》的説法，認爲這是李煜曾經幽會過的女子（指小周后），『雨雲』兩句是宕開，是聯想兩人諧合的情況，以下才拍合寫現場生活。也通。

【校勘】

調名，楊慎《詞林萬選》（汲古閣《詞苑英華》本，後同）作『菩薩鬘』。

《續集》題作『宫詞』。

『秋波』，《詞林紀事》作『嬌波』。

『未便』，《詞林萬選》、《花間集補》、沈雄《古今詞話》引、《全唐詩》、《歷代詩餘》（《詞話》引《古今詞話》，後同）、《詞林紀事》均作『來便』。

『魂迷』，吳本、呂本、侯本、《詞林萬選》、《花間集補》、《續集》、《全唐詩》、《歷代詩餘》、《詞林紀事》均作『夢迷』。

『春夢』，呂本作『春雨』，注：『雨，一作「睡」』；《詞林萬選》、《花間集補》、《續集》、《全唐詩》、《歷代詩餘》、《詞林紀事》均作『春睡』。

喜遷鶯

曉月墮，宿雲微〔一〕，無語枕憑（頻）欹。夢回芳草思依依〔二〕。天遠鴈聲稀〔三〕。啼鶯散，餘花亂〔四〕，寂寞畫堂深院〔五〕。片紅休掃盡從伊〔六〕，留待舞人歸。

【注釋】

〔一〕這兩句是寫快要天亮時的景象。

〔二〕『芳草』，指所懷念的人。牛希濟《生查子》詞：『記得緑羅裙，處處憐芳草。』把羅裙與芳草並提，意思就很明顯。晏幾道《泛清波摘徧》詞：『楚天渺，歸思正如亂雲，短夢未成芳草。』可以從另一方面幫助説明這句的意義。

〔三〕鴈能傳書，鴈來未必有書，現在連鴈聲都很少，没有音信更不消説。

〔四〕這兩句是説鳥散聲歇，餘花亂落。謝朓《游東田》詩：『鳥散餘花落。』句意正同。『餘花』是春後的花。謝朓這詩上句是『魚戲新荷動』，又邢邵《三日華林園公宴》詩：『新萍已冒沼，餘花尚滿枝。』均可證。

〔五〕『畫堂』，見前《菩薩蠻》『花明月暗籠輕霧』注。

〔六〕『盡從伊』，即是任由他，由他去。

【賞析】

這是抒寫懷念一個歡愛的女子的小詞。前半是説通宵夢想，消息沈沈，很覺難過。後半更從冷靜堂院，同時又是滿地艷紅的極不調和的氛圍中描繪出矛盾衝突的心境。這樣，儘管有觸目傷心的落花（過去的人是把花象徵美人，落花象徵美人的遭遇的）也就索性不掃了。爲什麽不掃落花呢？第一，要留給歡愛的人看看，好花到了這個地步是多麽可惜，來引起她的警惕；第二，要讓歡愛的人明白，惜花的人對此又是多麽難堪，來引起她的憐惜。總之，希望從這裏來感動她，以後不再遠離。説來雖很簡單，意義卻很深長的。陸淞《瑞鶴仙》詞有這歷一段：『陽臺路迥（一作『遠』），雲雨夢，便無準。待歸來，先指花梢教看，欲把心期（心願）細問，問因循（隨隨便便，不稍改變）過了青春，怎生意穩（安）？』説得很透闢，雖懷念的對象有所不同，表達男女間的心情，正可互相印證。

【校勘】

『曉』，侯本作『晚』。

『墮』，吳本、呂本、侯本、蕭本、《尊前集》、《花草粹編》、《全唐詩》、《歷代詩餘》、《詞譜》均作『墜』。

『宿雲』，《尊前集》、《歷代詩餘》、《詞譜》均作『宿烟』。

『憑欹』，呂本、蕭本、《尊前集》、《全唐詩》、《歷代詩餘》、《詞譜》均作『頻欹』。粟香室覆侯本注：『案，「憑」疑當作「頻」。」作『頻』較好,《烏夜啼》『燭殘漏滴頻欹枕』句,正作『頻』。

『深院』,吳本誤作『深浣』。

采桑子

庭前春逐紅英〔一〕盡,舞態徘徊,細雨霏微,不放雙眉時暫開。　綠窗冷靜芳英(音)斷,香印〔二〕成灰。可奈情懷,欲睡朦朧入夢來。

【注釋】

〔一〕『紅英』,即紅花。

〔二〕『香印』,打上印的香。元稹詩:『香印白灰銷』可證。也有簡直用『印香』的。王建《香印》詩:『閑坐印香燒,滿户松柏氣。』題是『香印』而詩作『印香』,説明這兩種用法是一樣的意義。

【賞析】

這是春天懷人的詞。前段説落花飛舞,細雨迷濛,觸動了愁懷。後段説靜待消息,無可奈何,形於夢寐。

【校勘】

調名，《詞譜》「采桑子」調下注：「唐「教坊曲」有「楊下採桑」，調名本此。《尊前集》注羽調，《樂府雅詞》注中呂宮。南唐李煜詞名「醜奴兒令」，馮延巳詞名「羅敷媚歌」，賀鑄詞名「醜奴兒」，陳師道詞名「羅敷媚」。」據此，則《詞譜》編者所見本與此不同。《花草粹編》、《續集》均題作「春思」。

「庭前」，呂本、侯本、蕭本、《尊前集》、《花草粹編》、《續集》、《全唐詩》、《歷代詩餘》均作「亭前」。

「細雨」，呂本缺「細」字； 蕭本、舊鈔本作「零雨」。

「霏微」，《尊前集》作「霏霏」。

「芳英」，各本均作「芳音」。按，作「芳音」是對的，作「芳英」恐因音近而訛。

「可奈」，《花草粹編》作「可賴」。吳本誤作「可奎」。

長相思曾端伯集《雅詞》以爲孫霄之作，非也〔一〕。

雲一緺〔二〕，玉一梭〔三〕，澹澹衫兒薄薄羅，輕顰雙黛螺〔四〕。　秋風多，雨相和，簾外芭蕉三兩窠〔五〕。夜長人奈何！

【注釋】

〔一〕曾端伯名慥，南宋初溫陵人，著有《類説》、《皇宋詩選》、《樂府雅詞》、《高齋漫録》等。《樂府雅詞》三卷，《拾遺》二卷（據涵芬樓影印鈔校本。粤雅堂本《雅詞》六卷，《拾遺》二卷），有自序，作於宋高宗紹興丙寅上元日，即紹興十六年（一一四六）夏曆正月十五日。這首詞收入《拾遺》上，前一首署孫肖之作，這首不署作者姓名，因《雅詞》有不署名即同上的體例（如汪彦章的《小重山》、《點絳脣》之類），《二主詞》的編者因在標題下注出並加以否定。調名，《雅詞》作『長相思令』，旁注：『一作李後主詞』（涵芬樓影印鈔校本無旁注，這是據粤雅堂本的）。調下注，侯本注於篇末。

〔二〕『雲一緺』，雲，指頭髮。『緺』，《説文》：『綬，紫青色也。』這裏是指飾髮用的紫青色的絲縧。《草堂詩餘續集》注：『《史記》：二千石佩青緺綬。緺，綬文也。』

〔三〕『玉一梭』，指扎髮用的玉簪之屬。

〔四〕『顰』，皺眉。『黛螺』，青緑色的顔料，古代婦女用以畫眉。

〔五〕『窠』，同『棵』，植物一株叫一窠。

【賞析】

這詞是描寫所懷念的一個女子的容貌、裝束、意態和自己的難堪的心情。前段勾劃了一個乖巧玲瓏、丰韻很好的女子的形象。後段從一個秋夜裏風雨打動了芭蕉的特殊環境中表達出懷念這女子的難堪的心情。抒情重點在結句。由於先塑造了足以觸動情懷的周遭景物，然後才歸結到無可奈何的情況，這情況便具有足够的感染力量。有人認爲只是客觀的描寫，前半寫一個值得愛慕的女子，後半是寫她的環境和心情，也可通。

【校勘】

調下注，侯本注在篇末。

「孫霄之」，蕭本與南詞本同，《樂府雅詞》和其他各本均作「孫肖之」。吳本誤作「孫質之」。

「緺」，侯本作「纙」，字不可識，恐係形訛。粟香室覆侯本作「羅」，不合，因下有「羅」韻。《樂府雅詞》作「鬌」，趙聞禮《陽春白雪》（《粤雅堂叢書》本，後同）作「窩」。

「衫兒」，《陽春白雪》作「春衫」。

「相和」，《續集》、《全唐詩》、《歷代詩餘》均作「如和」。

「三兩窠」，蕭本作「三四棵」。

柳枝

風情〔一〕漸老見春羞，到處芳魂感舊游；　多謝長條似相識，强垂烟穗〔二〕拂人頭。

《墨莊漫錄》云：　後主書此詞於黄羅扇上，賜宫人慶奴，實《柳枝詞》也，故録於此。

【注釋】

〔一〕『風情』，風月的情緒，也即意味著男女在風晨月夕談情説愛的情事。

〔二〕『穗』，植物的花實結聚在莖端的叫『穗』。『烟穗』，烟籠著的穗，形容很茂密，和『柳如烟』，『柳生烟』的用法一樣。

【校勘】

『芳魂』，邵博《邵氏聞見後録》，（《津逮祕書》本）、《墨莊漫録》均作『消魂』。

『多謝』，顧起元《客座贅語》（《金陵叢刻》本）、劉繼增補均作『多見』。

『烟穗』，《邵氏聞見後録》、《墨莊漫録》均作『烟態』。

【附録】

張邦基《墨莊漫録》卷二：『江南李後主嘗於黄羅扇上書賜宮人慶奴云：「風情漸老見春羞，到處消魂感舊游； 多謝長條似相識，强垂烟態拂人頭。」想見其風流也。扇至今傳在貴人家。』（《稗海》本。按《西溪叢話》、《客座贅語》、《六硯齋三筆》記此略同；《邵氏聞見後録》：『余嘗見南唐李侯撮襟書宮人慶奴扇云……』。）

漁父

浪花有意千重雪，桃李無言一隊春。一壺酒，一竿身，世上如儂有幾人。

【校勘】

『浪花有意』，《花草粹編》、《詞譜》均作『閬苑有情』。

『千重雪』，《花草粹編》、《歷代詩餘》、《詞譜》均作『千里雪』。

『身』，劉補本作『輪』。

『世上』，《花草粹編》、《歷代詩餘》、《詞譜》均作『快活』。

又

一櫂〔一〕春風一葉舟，一綸繭縷〔二〕一輕鉤。花滿渚〔三〕，酒滿甌〔四〕，萬頃波中得自由。

右二闋見《全唐詩》、《歷代詩餘》，筆意凡近，疑非後主作也。彭文勤《五代史注》引《翰府名談》，張文懿家有《春江釣叟圖》，衛賢畫，上有李後主《漁父詞》二首云云，此即《全唐詩》、《歷代詩餘》之所本，但字句小有不同，兹從《五代史注》所引改正。

【注釋】

〔一〕『櫂』，划船的工具。短的叫『楫』，長的叫『櫂』。

〔二〕『一綸繭縷』，指釣魚的線。『綸』，比絲粗的叫『綸』。『繭縷』，即絲縷。

〔三〕『渚』，即小洲，江上、河上的小塊陸地。

〔四〕『甌』，平底深椀（碗，盌）。陶穀《清異錄》：『耀州陶匠創造一等平底深椀，狀簡古，號小海甌。』陸羽《茶經》：『盌，越州上，鼎州次……晉杜毓《荈賦》所謂「器擇陶揀，出自東甌」。甌，越也。』或者從形象看，或者從産地説，都是解釋『甌』字的由來。是古代一種飲器。

【校勘】

上二闋《漁父》，《翰府名談》、《花草粹編》、《全唐詩》、《歷代詩餘》均作後主作。《歷代詩餘》調名『漁歌子』。《花草粹編》題作『供奉衛賢春江釣叟圖』，於李後主名下注：『金索書』。第二闋末注：『見《五代畫品補遺》。』

【附錄】

《宣和畫譜》卷八：『衛賢，長安人，江南李氏時爲内供奉，長於樓觀、人物。嘗作《春江圖》，李氏爲題《漁父》詞於其上。』（《學津討原》本）

搗練子令出《蘭畹曲令》〔一〕

深院靜，小庭空，斷續寒砧〔二〕斷續風。無奈夜長人不寐，數聲和月到簾櫳〔三〕！

【注釋】

〔一〕《碧鷄漫志》卷二：『《蘭畹曲會》，孔寧極先生之子方平所集，序引稱無爲莫知非，其自作者稱魯逸仲，皆方平隱名，如子虛、烏有、亡是之類。孔平日自號「滍皋漁父」，與姪處度齊名，李方叔詩酒侶也。』《宋詩紀事》卷三十四：『孔夷字方平，號滍皋先生，元祐中隱士，劉攽、韓維之畏友。』這書久已散佚，周泳先輯得一卷，在《唐宋金元詞鉤沈》中。

〔二〕『砧』，即搗衣石。婦人在搗衣時往往因看到衣服就思念她的離家的丈夫，詩人就把這種特殊的事件一般化，作爲引動別情的東西。又因秋風起，天氣寒，更易感到孤寂的難堪而懷念離人，爲要使這一形象更具體、更深刻，就搭上了一個『寒』字，成爲『寒砧』。

〔三〕『簾櫳』，掛著竹簾的格子窗。

【賞析】

這是一首離懷別感的集中表現的詞。院靜庭空，風寒襲人，砧聲不斷，月照簾櫳——每一種情景都是能够引動離懷別感的，作者只用『無奈夜長人不寐』一句，就像紅絲般把這一切情景都串連起來，這不寐人的離懷別感的深度和强度就突現在人們的眼前。這種運用高度概括的藝術手法來表現無比深厚的思想感情，正是古典作家的傑出的成就。

【校勘】

調名，《尊前集》、《花草粹編》、《花間集補》、《全唐詩》均無『令』字。

這詞，《尊前集》以爲馮延巳作，《詞譜》同。按，《陽春集》不載這詞。《花草粹編》題作『聞砧』，《續集》題作『秋閨』。《歷代詩餘》『搗練子』調名下注：『一名「深院月」，又名「深夜月」（《詞律》、《全唐詩》均無「深夜月」）。李煜《秋閨詞》有「斷續寒砧斷續風」之句，遂以「搗練」名其調。』那麽，《詩餘》編者所見本也是題作『秋閨』的。

『出蘭畹曲令』，吴本、吕本、蕭本作『出蘭畹曲會』。《花草粹編》注在篇末，無『出』字。侯本作『曲𨥤』，字體模糊不清。粟香室覆侯本作『曲金』，注：『案，原注「曲金」，字不可解，疑有誤』。案，侯本疑即『曲會』的形訛。

『無奈』，《尊前集》作『早是』。《續集》注：『一作「早是」』。

『人不寐』，《尊前集》作『人不寢』。

謝新恩 已下六首真跡在孟郡王家〔一〕

金窗力困起還慵。餘缺

【注釋】

〔一〕「孟郡王」，孟忠厚，字仁仲，隆祐太后（孟氏，哲宗趙煦的皇后）兄，高宗紹興七年（一一三七）封信安郡王，《宋史》有傳（卷四百六十五）。

【校勘】

「已下六首」，蕭本作「已下七詞」，吳本作「已下六詞」。

又

秦樓不見吹簫女〔一〕，空餘上苑〔二〕風光。粉英含蕊自低昂〔三〕。東風惱我，纔發一衿香〔四〕。　瓊窗〔五〕夢□留殘日，當年得恨何長！碧闌干外映垂楊。暫時相見，如夢懶思量。

【注釋】

〔一〕『秦樓』句，相傳秦穆公時，有叫簫史的善吹簫，穆公的女兒弄玉喜歡他，穆公就把弄玉配給簫史。弄玉從簫史學吹簫，簫聲清亮，引動了鳳，夫婦駕鳳飛去。後人因此把『鳳去樓空』作爲樓中人去，睹物懷人的代語。

〔二〕『上苑』，是古代帝王遊賞或遊獵的園林。

〔三〕『粉英含蕊』，泛指花卉。『低昂』，低猶下，昂猶高，意即高下。

〔四〕『一衿香』，『衿』同襟。『一襟香』，是以人的感受説明香的程度的。有許多不能指出具體形象的東西，詩人就用這樣的方法表現出來，如一襟風（楊萬里《中秋後一夕登清心閣》詩：『吹高半輪月，正賴一襟風』）、一襟離恨（張養浩《留別鄉里諸友》詩：『一襟離恨東州路』）之類。一説，堂後（北）叫背，堂前（南）叫襟，『一襟香』即指堂前一面有香，所以用『纔發』。

〔五〕『瓊窗』，瓊，本指美玉，這裏作精美解。『瓊窗』即精致華美的窗子。

【賞析】

這是思念一個女人的小詞。一開首就很明白地指出：風光依舊，所歡不見。前段寫眼前景物，而用『自低昂』、『惱我』等，就滲透著自己的觀點和感受在裏面。後段寫懷舊心情，而聯繫著『碧闌干外映垂楊』這一境界，仍和眼前景物相一致。煞尾說到『如夢懶思量』，就見出相思結果還只是相思，這味道已怕再嚐下去了，真有說不盡的苦處！

【校勘】

調下注，侯本在『冉冉秋光留不住』首的末尾，作『已上六詞墨蹟在孟郡王家』。

『粉英』，吳本誤作『紛英』。

『含蕊』，各本作『金蕊』。

『一衿香』，吳本、呂本、侯本均作『一矜香』，恐誤。蕭本作『一枝香』。

『瓊窗夢□留殘日』，吳本、呂本、《歷代詩餘》均作『瓊窗夢留殘日』，侯本作『瓊窗夢箇殘日』，劉箋本作『瓊窗□夢留殘日』。

『懶思量』，吳本作『嫩思量』，侯本作『娥思量』，誤。

粟香室本注：『案，此詞似有訛字』。

王國維校勘記：『此首實係《臨江仙》調。』

又

櫻花落盡階前月，象牀〔一〕愁倚薰籠〔二〕。遠似去年今日恨還同。　雙鬟不整雲憔悴〔三〕，泪沾紅抹胸〔四〕。何處相思苦？紗窗醉夢中。

【注釋】

〔一〕『象牀』，以象牙爲飾的牀叫『象牀』。

〔二〕『薰籠』，同熏籠。在熏爐的上面覆以籠，就叫熏籠。《東宮舊事》：『太子納妃，有漆畫熏籠二，大被熏籠三，衣熏籠三。』説明貴族婦人的生活工具是有這種配備的。

〔三〕『雲憔悴』，連上『雙鬟』看，恐是指頭髮蓬鬆。頭髮蓬鬆和顏色憔悴，都是没有光澤的表徵，因把用在顏色憔悴的字眼移用到頭髮去。

〔四〕『抹胸』，掩在胸前的小衣，一名『金訶子』。《太真外傳》：『金訶子，抹胸也。』俗名叫作『兜肚』。

【賞析】

這是描寫一個女人思念男人的情況。首先描繪了一幅最能引動懷念遠人的畫面：櫻花滿地，春光轉眼就過去了，明月當空，又照著空房獨守的人。在這樣的環境中，想起自己的年華易逝，想起兩人的愉快生活，就會觸景傷情，不能不縮到房子裏去『愁倚薰籠』了。『去年今日恨還同』，更説明了像這樣的情況已不止一年，進一步加深加長了恨的表現。『女爲悦己者容』，所愛的人既然不見，怎麽不首如飛蓬，淚沾抹胸呢？　這形象很生動也很真實。　末兩句以相思的苦況作結。

【校勘】

『薰籠』，侯本作『熏籠』。

『遠似』，吳本、呂本、侯本、蕭本均作『遠是』。

劉繼增箋：『此闋字句敚（脱）誤，無別本可校。』

又

庭空客散人歸後，畫堂半掩珠簾。林風淅淅〔一〕夜猒猒〔二〕。小樓新月，回首自纖纖〔三〕。下缺　春光鎮在人空老，新愁往恨何窮！下缺（金窗力困起還慵），一聲羌笛，驚起醉怡容。

【注釋】

〔一〕『淅淅』，風聲。

〔二〕『猒猒』，即厭厭，長久的意思，略同『漫漫』。

〔三〕『纖纖』，細小。這裏是形容新月。

【校勘】

調名，《詞譜》在《臨江仙》調名下注：『李煜詞名「謝新恩」』。又在所錄張泌詞後注：『又李煜詞，後段起句「春光鎮在人空老」，宋柳永詞本之，皆與此詞平仄全異。至平仄小異者，李煜詞前後段第二句「蝶翻輕粉雙飛」、「望殘烟草低迷」，「蝶」字、「望」字俱仄聲，「輕」字、「烟」字俱平聲』。

『纖纖』下注『下缺』，劉箋本、《詞譜》均無注。

『何窮』下注『下缺』，劉箋本空七個字。《花草粹編》、《歷代詩餘》均作『金窗力困起還慵』，《詞譜》作『金刀力困起還慵』。『還慵』，《花草粹編》誤作『還墉』。

『醉怡容』，蕭本下注『下缺』。

蕭本、朱本把此詞分爲二闋。

王國維校勘記：『此亦「臨江仙」調。』

又

櫻花落盡春將困，秋千架下歸時。漏暗二字又疑是『滿堦』斜月遲遲花在枝。缺十二字徹曉紗窗下，待來君不知。

【校勘】

『櫻花』，吳本、呂本、侯本均作『櫻桃』。

『漏暗』，呂本，侯本均脱『暗』字。注『疑是』，侯本作『疑曰』。呂本作『疑日』，似係『是』字殘體。

又

冉冉秋光留不住，滿階紅葉暮。又是過重陽，臺榭登臨處。茱萸香墜，紫菊氣，飄庭户，晚烟籠細雨。嚦嚦新鴈咽寒一作『愁聲』，愁恨年年長相似。

【校勘】

這詞蕭本於『紫』字斷句分作二疊，吳本、呂本、《歷代詩餘》、徐本立《詞律拾遺》均不分二疊。《歷代詩餘》注：『單調，五十一字，止李煜一首，不分前後段，存以備體。』《詞律拾遺》作『補調』，末注：『此詞不分前後疊，疑有脱誤。葉本於「處」字分段。』（按『葉本』，指葉申薌《天籟軒詞譜》。）『紫菊』至『細雨』，有人在『飄』字斷，『户』字不斷。劉繼增箋：『此闋既不分段，亦不類本調，而他調亦無有似此填者。按，以上六詞，原注謂出孟郡王家墨蹟，疑當時紙幅斷爛，録者謹依，錯簡如此。』

『嚦嚦』，呂本、侯本均作『雝雝』。蕭本作『嚦嚦相』，疑衍一『相』字。

『咽寒』，侯本『咽』作『烟』，脱『寒』字，注：『一作「愁」』。呂本『寒』下注：『一作「愁」』。

『相似』，《歷代詩餘》、《詞律拾遺》均作『相侶』。

阮郎歸呈鄭王十二弟，後有隸書東宫府書印〔一〕。

東風吹水日銜山，春來長是閑。落花狼籍酒闌珊〔二〕，笙歌醉夢間。　珮聲悄〔三〕，晚妝殘。憑誰整翠鬟〔四〕？留連光景惜朱顔，黄昏獨倚闌。南詞本漏此闋，從侯刻名家詞補。

【注釋】

〔一〕唐圭璋箋：『吕本、南詞本並題作呈鄭王十二弟，惟南詞本注尚有「後有隸書東宫府書印」。劉箋云：「案，歐陽修《五代史》，李煜封弟從善韓王，從益鄭王；陸游《南唐書》益作鎰，鄭作鄧；馬令《南唐書》鄭亦作鄧，而無鄭王。考李燾《續通鑒長編》，開寶四年十一月癸巳朔江南國主遣其弟鄭王從善來朝貢；又徐鉉《騎省集》有太尉中書令鄭王從善詩。據此，則鄭王當是從善，云從益者非也。」王國維云：「按《五代史·南唐世家》，從益封鄭王，在後主即位之後，此既云呈鄭王，復有東宫府印，殊不可解。不知史誤，抑手迹僞也。」邵長光云：「據馬、陸書，韓王從善爲元宗第七子，鄧王從鎰爲第八子。從善使宋被留，後主手疏放歸，不許，嘗作《卻登高文》以志哀。從善妻亦以憂卒，非十二弟也。」劉毓盤云：「或非後主作也。」』（《南唐二主詞彙箋》）今按，李煜兄弟封號屢改，煜初即位，封從善爲韓王，後來封鄭王，除劉箋所引外，陸游《南唐書》卷三也有『開寶四年……遣太尉中書令鄭王從善朝貢』的説法。陸書『從……鄧王從善爲韓王』，《騎省集》卷六《紀國公封鄧王加司空制》有『第七子某識度淹通』句，均可證明從善曾封鄧王。從善是初封鄧王，繼而徙封韓王，後來又徙封鄭王的。至於説從善是李璟第七子，就不能説『十二弟』，也恐未必。古人排行，有連姊妹或者同祖並排以誇盛大的（唐人詩題常看到，近人也有這種排法）。如果認爲這『十二弟』不符合事實，那末，李煜文中有《送鄧王二十六弟牧宣城序》（見《全唐文》卷一二八）就更不可理解了。

〔二〕『闌珊』，衰落的意思。

〔三〕『珮聲悄』，環珮的聲音已悄靜了。

〔四〕『翠鬟』，把頭髮總束後盤起來叫鬟。翠是緑色。鬟叫翠鬟，好像髮叫緑髮一樣。『整翠鬟』，其實就是梳頭的意思。歐陽脩《生查子》詞：『含羞整翠鬟，得意頻相顧。』（一作張先詞）也是把『整翠鬟』當成梳頭的用法。

【賞析】

這是獨居無歡的生活和心情的表白。前段寫一任芳春虚度，無心欣賞，取樂。後段寫幽獨無偶，對景自憐。

【校勘】

這詞又見馮延巳《陽春集》、歐陽脩《近體樂府》。《樂府雅詞》歸入歐陽永叔詞。

調名下注，吴本、吕本、侯本、蕭本均分注兩處，在調名下注『呈鄭王十二弟』。篇末注『後有隸書東宮書府印』。《花草粹編》調名下注：『一名「醉桃源」、「碧桃春」。』此注移在篇末。「正集」調名下注：『一名「醉桃源」。』題作『春景』，注：『呈鄭王十二弟。』『宋校』也題作『春景』。

「吹水」，《近體樂府》、《樂府雅詞》均作『臨水』。《近體樂府》羅泌校：『一作「吹水」』。《陽春集》『吹』下注：『别作「臨」』。

「長是」，《詞譜》作『長自』。

「落花」，《陽春集》作『林花』，注：『别作「落」』。

「珮聲悄」，《陽春集》、《近體樂府》、《妙選》、『陳校』、『毛訂』、《正集》、《歷代詩餘》、《詞譜》均作『春睡覺』。《陽春集》注：『别作「佩聲悄」』。『悄』字，吴本誤作『惜』。

「憑誰」，《陽春集》、《近體樂府》、《妙選》、『陳校』、『宋校』、《正集》、《詞譜》均作『無人』。《陽春集》注：『别作「憑誰」』。

「惜」，《陽春集》作『喜』，注：『别作「惜」』。

「獨」，《妙選》、『陳校』、『毛訂』、『宋校』均作『人』。《陽春集》注：『别作「人」』。

侯刻《陽春集》這詞篇末注：『《蘭畹集》誤作晏同叔』。

篇末注，係王國維補入，非南詞本原文。

【附録】

陸游《南唐書》卷十六：『從善字子師，元宗第七子。……開寶四年遣朝京師，太祖已有意召後主歸闕，即拜從善泰寧節度使，留京師，賜甲第汴陽坊。……後主聞命，手疏求從善歸國。太祖不許，以疏示從善，加恩慰撫，幕府將吏皆授常參官以寵之。而後主愈悲思，每憑高北望，泣下霑襟，左右不敢仰視。由是歲時游燕，多罷不講。嘗製《卻登高文》曰：「玉斝澄醪，金盤繡餻，茱房氣烈，菊蕊香豪。左右進而言曰：惟芳時之令月，可藉野以登高。矧上林之伺幸，而秋光之待褒乎？予告之曰：昔予（按《全唐文》作『時』）之壯也，意如馬，心如猱（《全唐文》無此六字），情槃樂恣，讙賞忘勞。悁心志於金石，泥花月於詩騷。輕五陵之得侶，陋三秦之選曹。量珠聘妓，紉綵維艘。被牆宇以耗帛，論丘山而委糟。年年不負登臨節，歲歲何曾捨逸遨。小作花枝金剪菊，長裁羅被翠爲袍（《全唐文》無此四句）。豈知萑葦乎性（《全唐文》無此四字），忘長夜之靡靡；宴安其毒（《全唐文》無此四字），累大德於滔滔。今予之齒老矣！心悽焉而忉忉（《全唐文》無此兩句）：愴家艱之如燬，縈離緒之鬱陶。陟彼岡兮跂予足，望復關兮睇予目。原有鴒兮相從飛，嗟予季兮不來歸。空蒼蒼兮風悽悽，心躑躅兮淚漣洏。無一驩之可作，有萬緒兮（《全唐文》作『以』）纏悲。於戲噫嘻！爾之告我，會非所宜。」從善妃屢詣後主號泣。後主聞其至，輒避去。妃憂憤而卒。國人哀憐之。國亡改授右神武大將軍。太平興國初改右千牛衛上將軍。雍熙四年卒，年四十八。』

清平樂

別來春半，觸目柔腸斷。砌下落梅如雪亂，拂了一身還滿。　　鴈來音信無憑〔二〕；

路遙歸夢難成。離恨恰如春草，更行更遠還生。

【注釋】

〔一〕古代有憑雁足傳書的故事（見《漢書・蘇武傳》），因之看見雁就聯想到音信。這句是説雁雖然來了，但没有音信。

【賞析】

這是在春天懷念遠人的作品。前段從春天憶別，觸景傷情説起。『砌下』兩句極力寫出撩亂情懷的景物，景物寫得愈突出，情緒體現得愈飽滿。後段『雁來』句從這裏没有音信説；『路遙』句從對方難成歸夢説。結尾總説離恨綿綿無盡期。用春草的隨處生長來比離恨，很自然也很切合。這不但説明愁恨之多，『野火燒不盡，春風吹又生』（白居易句）的春草，在本質上和愁恨也有共通之點。何況『王孫遊兮不歸，春草生兮萋萋！』（《楚辭》淮南小山《招隱士》句）春草本來就是引動離情的景物。這種又精深、又形象的手法的運用，是李煜的高度的藝術成就的一種表現，是值得我們仔細體會的。當然，對所憶念的人没有深摯的感情，根本就不可能產生這樣的作品。有人説，這是李煜憶念他弟弟從善入宋不歸的作品。我們把《卻登高文》聯繫起來看，這説法是可信的。

【校勘】

《續集》題作『憶別』。

『柔腸』，吳本、呂本、侯本、蕭本、《尊前集》、《花庵詞選》，《花草粹編》、《續集》、《詞綜》、《全唐詩》、《歷代詩餘》均作『愁腸』。

『砌下』，毛本《尊前集》作『砌半』。

『恰如』，毛本《尊前集》作『怯如』；《續集》、《全唐詩》均作『卻如』。

采桑子

二詞墨跡在王季宮判院家〔一〕。

轆轤金井梧桐晚〔二〕，幾樹驚秋〔三〕。晝雨新愁〔四〕！百尺蝦須在玉鉤〔五〕。　瑣窗春斷雙蛾皺〔六〕，回首邊頭〔七〕，欲寄鱗遊〔八〕，九曲寒波不泝〔九〕流。

【注釋】

〔一〕『二詞』，指這首並下面《虞美人》『風迴小院庭蕪綠』首。

〔二〕『轆轤』句，『轆轤』，見前《應天長》注。這句是以梧桐樹來表明時節的。梧桐樹生在井邊，故帶説金井，井上有轆轤，故帶説轆轤。古人往往金井、梧桐並用來體現秋天的懷感，如李白《贈別舍人弟台卿之江南》詩：『去國客行遠，還山秋夢長。梧桐落金井，一葉飛銀牀』；王昌齡《長信秋詞》詩：『金井梧桐秋葉黄』之類都是。

〔三〕是説秋風起，驚動了多少樹木，也表現了樹木經風的形象。

〔四〕『晝雨』句，『晝雨』是白晝的雨。雨是引愁的東西，同時雨絲的綿密也比象新愁的繁多，所以『晝雨』和『新愁』並提。

〔五〕『蝦鬚』，因簾的形象像蝦鬚般，即以蝦鬚代簾用。《正集》注：『蝦鬚，簾也。』蘇易簡詩：『蝦鬚半捲天香散。』是同樣的用法。『玉鉤』見李璟《浣溪沙》第一首注。這句是説長簾閒掛著。

〔六〕『璚窗』句，『璚』，即瓊，見前《謝新恩》注。『春』是象徵一切美好的景物和情事。『蛾』，指蛾眉。

〔七〕『邊頭』，指偏遠的地方。

〔八〕『鱗遊』，指書信。《古樂府》：『客從遠方來，遺我雙鯉魚。呼童烹鯉魚，中有尺素書。』後人因叫書信做雙鯉或魚信。這裏又以鱗遊代鯉魚傳書。

〔九〕『泝』，逆流而上叫『泝』。

【賞析】

這詞是抒寫秋愁無限，離情難寄。前段用一些具體景物勾畫出秋愁，並實寫客居獨處，愁心緊閉，無從排遣的環境。後段承上意更進一步説斷送了美好生活，已覺難挨，想把這心情寫上書信，寄給遠人，路途曲折遙遠，更無從達到。

【校勘】

這詞楊慎《詞林萬選》歸入牛希濟詞。

調名，《類編》、《花間集補》、『毛訂』、《正集》、『宋校』均作『醜奴兒令』。《類編》注：「一名『羅敷令』，一名『采桑子』」（《正集》『令』作『媚』，餘同）。《類編》、《花草粹編》、『毛訂』、《正集》、『宋校』均題作『秋怨』。

調下注，呂本同。侯本注在『風迴小院』首的末尾，多『以上』二字。

『驚秋』，《詞林萬選》作『經秋』。

『晝』，劉繼增箋：「一作『舊』」。

『新愁』，《詞林萬選》、《類編》、《嘯餘譜》、『毛訂』、『宋校』均作『和愁』。《正集》、《花間集補》、《全唐詩》、《歷代詩餘》均作『如愁』。《正集》『如』下注：「一作『和』」，誤。

『在』，《詞林萬選》、《類編》、《花草粹編》、《花間集補》、《嘯餘譜》、『毛訂』、《正集》、《全唐詩》、《歷代詩餘》、『宋校』均作『上』。

『九曲』，吳本『曲』字空格。侯本缺『曲』字。蕭本作『九月』。

虞美人

風迴小院庭蕪綠，柳眼春相續〔一〕。憑闌半日獨無言，依舊竹聲新月似當年。笙歌未散尊前在〔二〕，池面冰初解〔三〕。燭明香暗畫樓深，滿鬢清霜殘雪〔四〕思難任〔五〕！

【注釋】

〔一〕『柳眼』，柳芽初茁長時叫柳眼。『春相續』，是說今年的春接上去年的春。

〔二〕『尊前』，即指酒筵。

〔三〕『池面』句，春天回陽舒暖，池面的冰漸慚消融。

〔四〕『滿鬢』句，霜雪形容白，是說滿頭鬢髮都白了。

〔五〕『難任』，難堪的意思。

【賞析】

這詞是抒寫春天的愁思。從春天的景物寫起。說『春相續』，便有無窮境界從蟬聯中透露出來。說『獨無言』，便包藴著無誰共語和不堪言說的痛苦心情。說『似當年』，便見得當年在同樣的景況中是如何值得依戀，也顯示出『獨無言』的痛苦心情是在苦樂懸殊的對比中產生出來的。像這樣的寫法，是多麼概括！多麼精鍊！『笙歌』以下把境界擴大了，是從『竹聲新月似當年』引出來的。自上段的『半日』、『新月』到下段的『燭明香暗』，把整個活動的過程都緊密地貫穿著，所以儘管從各個方面表現了錯綜複雜的情事和景物，結構卻很嚴密、完整。篇末總說愁思的難堪和愁思得衰老的樣子。古人往往用鬢髮白來表明愁思的結果的，李白《秋浦歌》的『白髮三千丈，緣愁似箇長。』是很明顯的例證。

【校勘】

《尊前》、《續集》、《詞綜》、《全唐詩》、《歷代詩餘》、《詞譜》、粟香室覆侯本均作『尊罍』。《古今詩餘醉》作『金罍』。

『畫樓』，呂本作『畫堂』，吳本、劉箋本作『畫歌』，《詞譜》作『畫闌』。

『思難任』，《續集》、《全唐詩》、《詞譜》均作『思難禁』。

【附錄】

沈際飛云：『此亦在汴京憶舊乎？』（見《草堂詩餘續集》眉評）

烏夜啼

昨夜風兼雨，簾幃〔一〕颯颯〔二〕秋聲。燭殘漏滴〔三〕頻欹枕〔四〕，起坐不能平。世事漫隨流水，算來一夢浮生。醉鄉〔五〕路穩宜頻到，此外不堪行。

【注釋】

〔一〕『簾幃』，『簾』是遮窗户用的，用竹織成。『幃』，用布做成的帳幕之屬。

〔二〕『颯颯』，風雨的聲音。

〔三〕『漏滴』，古人計算時刻，用銅壺盛水，底穿一孔滴水，中間插一枝箭，箭上刻有度數，壺裏的水漸漸減少，箭上所刻的度數也漸漸顯露出來，就這樣來看出時刻。夜深人靜，漏聲越聽得分明。

〔四〕『頻欹枕』，『頻』是時常如此。『欹』是傾側。古人用『欹枕』，多是愁恨時的表現，如魏承班《訴衷情》詞：『欹枕卧，恨何賒』，范仲淹《御街行》詞：『殘燈明滅枕頭欹，諳盡孤眠滋味』之類，都是明顯的例子。這句連下句是説，夜裏睡也不成，坐也不成，表示心情難過，坐卧不安。

〔五〕『醉鄉』，唐王績喜飲酒，著《醉鄉記》。這句連下句是説『醉鄉』的路子很平穩，應該時常去，別的地方都不堪行。其實就是説應該時常醉酒，利用酒的麻醉來忘卻愁悶。

【賞析】

這是寫愁悶難堪時的實際生活和心理活動。前段從引動愁悶的風雨説到長夜裏坐卧不安，是寫實在的情況。後段是寫心願。這時真覺得世間一切都算不得什麽，隨著流水飄蕩，像夢一般過去，只有可以排除愁悶的酒還值得依戀。

【校勘】

調名，《全唐詩》作『錦堂春』，注：『一名「烏夜啼」』。

『漏滴』，呂本、《詞譜》均作『漏斷』，吴本、侯本『漏』下空一字。

『一夢』，吕本、蕭本作『夢裏』，吴本無『一』字。

臨江仙

櫻桃落盡春歸去，蝶飜金粉〔一〕雙飛，子規〔二〕啼月〔三〕小樓西。　畫簾珠箔〔四〕，惆悵卷金泥〔五〕。　門巷寂寥人去後，望殘烟草低迷。□□□□□□□□□□□（爐香閒裊鳳凰兒，空持羅帶，回首恨依依！）《西清詩話》云：『後主圍城中作此詞，未就而城破，嘗見殘稿，點染晦昧，心方危窘，不在書耳。』按《實録》：『開寶七年十月伐江南，明年十一月破昇州。』此詞乃詠春，決非城破時作。然王師圍昇州既一年，後主於圍城中春作此詞不可知，方是時，其心豈不危急！

【注釋】

〔一〕『金粉』，原義是鉛粉，婦女妝飾用，這裏指蝴蝶的翅膀。

〔二〕『子規』，鳥名，即杜鵑。古代傳説，它本來是叫『鵑』的，因爲是蜀國的皇帝名杜宇的魂魄所化，才叫『杜鵑』。它的聲音淒厲，又時常在深夜叫，心情不愉快、夜間睡不著的人聽了很不好過，因之要抒寫悲苦的心境的時候往往用它。

〔三〕『啼月』，是説在月夜啼。

〔四〕『珠箔』，即珠簾。《西京雜記》：『昭陽殿織珠爲簾，風至則鳴，如珩珮之聲。』（程榮校《漢

魏叢書》本）

〔五〕『卷金泥』，指捲起金泥顏色的簾箔。謝綽《宋拾遺》：『戴明寶歷朝寵倖，家累千金，大兒驕淫，爲五色珠簾，明寶不能禁。』（見《格致鏡原》卷五十三）可見簾是可以有各種顏色的。

【賞析】

這詞的大意，是從看到春盡時的景物引出自己難堪的情狀。

【校勘】

『春歸去』，吳本無『去』字。

『櫻桃』句，《墨莊漫錄》卷七引作『櫻桃結子春（光）歸盡』。

『金粉』，《耆舊續聞》卷三、《堯山堂外紀》、《花草粹編》、《詞綜》、賀裳《皺水軒詞筌》（《詞話叢編》據增補賴古堂刊本）引《詞統》注、《全唐詩》、《詞林紀事》均作『輕粉』。

『畫簾珠箔』，《耆舊續聞》、《墨莊漫錄》、《花草粹編》、《詞綜》、《全唐詩》、《詞林紀事》均作『玉鉤羅幕』；《樂府紀聞》作『玉鉤牽幕』（見《歷代詩餘》，後同）；《堯山堂外紀》、《皺水軒詞筌》均作『曲闌珠箔』；《苕溪漁隱叢話》前集、《詩話總龜》後集、王仲暉《雪舟謎語》（商務排印本《說郛》卷五十七作《雪舟脞語》，注：『先名《甕天脞語》』；署名邵桂子，注：『字玄同，嚴陵人。』與宛委山堂本《說郛》不同）引《西清詩話》、《南唐拾遺記》均作『曲欄金箔』（商務本『欄』作『瓊』）。

『卷金泥』，《耆舊續聞》引、《花草粹編》、《詞綜》、《全唐詩》、《詞林紀事》均作『暮烟垂』，《皺水軒詞筌》『增補古詞」條引作「揜(掩)金泥」。

「門巷」，《耆舊續聞》引、《詞綜》、《全唐詩》、《詞林紀事》均作「別巷」；《樂府紀聞》作「門掩」。「人去後」，《耆舊續聞》、《堯山堂外紀》引、《樂府紀聞》、《花草粹編》、《鄒水軒詞筌》引、《詞綜》、《全唐詩》、《詞林紀事》均作「人散後」。

「低迷」，《樂府紀聞》、《鄒水軒詞筌》引均作「淒迷」。呂本在「迷」下注：「『珠箔』下缺一字，『低迷』下少三句」。空格十六字，《花草粹編》、《詞綜》、《全唐詩》、《詞林紀事》均照《耆舊續聞》補入。《粹編》在篇末引《續聞》和《西清詩話》；《詞綜》注劉延仲補入的句子在篇末。

原注「方是時其心豈不危急」九字，呂本無。

【附錄】

陳鵠《耆舊續聞》卷三：「蔡絛作《西清詩話》，載江南後主《臨江仙》云：『圍城中書，其尾不全。』以余考之，殆不然。余家藏李後主七佛戒經及雜書二本，皆作梵葉，中有《臨江仙》，塗注數字，未嘗不全，其後則書太白詩(《詞林紀事》引作『詞』)數章，似平日學書也。本江南中書舍人王克正家物，後歸陳魏公之孫世功君懋。余陳氏婿也。其詞云：『櫻桃落盡春歸去，蝶翻輕粉雙飛。子規啼月小樓西，玉鉤羅幕，惆悵暮烟垂。別巷寂寥人散後，望殘烟草低迷。鑪香閒裊鳳凰兒，空持羅帶，回首恨依依！』後有蘇子由題云：『淒涼怨慕，真亡國之聲(《詞林紀事》引作『音』)也』。」(《知不足齋叢書本)案夏承燾云：「據此，乃後主書他人詞，非其自作。」(見《南唐二年主譜》)

張邦基《墨莊漫錄》卷七：「宣和間蔡寶臣致君收南唐後主書數軸來京師，以獻蔡絛約之。其一乃王師攻金陵，城垂破時，倉皇中作一疏禱於釋氏，願兵退之後，許造佛像若干身，菩薩若干身，齋僧若干萬員，建殿宇若干所，其數皆甚多。字畫潦草，然皆遒勁可愛，蓋危窘急中所書也。又有看經發願文，自稱蓮峯居士李煜。又有長短句《臨江僊》云「櫻桃結子春（光）歸盡，蝶飜金粉雙飛。子規啼月小樓西，玉鉤羅幕，惆悵捲金泥！　門巷寂寥人去後，望殘烟草低迷」，而無尾句。劉延仲爲補之云：「何時重聽玉驄嘶，撲簾飛絮，依約夢回時。」」（《稗海》本『櫻桃』句作八字，顯然衍出一字。《叢書集成》初編據《稗海》本排印，於『光』字加圓括號，姑從之。）

破陣子

四十年來家國〔一〕，三千里地山河〔二〕；　鳳閣龍樓〔三〕連霄漢，玉樹瓊枝作烟蘿〔四〕。幾曾識干戈？　一日歸爲臣虜，沈腰〔五〕潘鬢〔六〕銷磨。最是倉皇辭廟日〔七〕，教坊〔八〕猶奏別離歌，垂淚對宮娥〔九〕！　東坡云：「後主既爲樊若水所賣，舉國與人，故當慟哭於九廟之外，謝其民而後行。顧乃揮淚宮娥，聽教坊離曲哉！」

【注釋】

〔一〕『四十』句，南唐自九三七年開國至九七五年李煜作這詞時，已近四十年。

〔二〕『三千』句，馬令《南唐書·建國譜》：南唐『共三十五州之地，號爲大國』。

〔三〕『鳳閣龍樓』，指帝王所居的樓閣。

〔四〕『烟蘿』，草樹茂密，烟聚蘿纏，通叫『烟蘿』。以上兩句是説宫殿建築得很高，裏面的樹木很多。

〔五〕『沈腰』，《南史·沈約傳》：『（約）與徐勉素善，遂以書陳情於勉，言已老病，百日數旬，革帶常應移孔，以手握臂，率計月小半分。欲謝事求歸老之秩。』後來因把『沈腰』作爲腰肢瘦減的代詞。

〔六〕『潘鬢』，潘岳《秋興賦》：『斑鬢髮以承弁兮。』斑是斑白。後來因把『潘鬢』作爲鬢髮斑白的代詞。以上兩句是説，一旦做了俘虜，在哀愁苦惱中銷磨日子，腰肢就會漸瘦，鬢髮就會漸白了。

〔七〕『辭廟』，古代帝王把自己的祖先供奉在廟裏，『辭廟』是表示辭别了祖先，即是離開了祖先創建的國家。

〔八〕『教坊』，唐初設置於宫禁中，掌理妓樂。唐玄宗（李隆基）開元二年（七一四）復置内教坊於蓬萊宫側，京都（長安）置左右教坊。

〔九〕『宫娥』即宫女。古帝王縱情淫樂，宫娥常至數千人。《隋遺録》：『帝（隋煬帝楊廣）嘗幸昭明文選樓，車駕未至，先命宫娥數千人昇樓迎侍。』李煜宫娥的名字，現可考見的有黄保儀、流珠、喬氏、慶奴、薛九、宜愛、意可、窅娘、秋水、小花蕊等人（據夏承燾《南唐二主年譜》。夏先生不列意可名，而所舉《海録碎事》有『意可亦後主宫人也』句，現補入）。

【賞析】

這是李煜描述離開南唐時的一種情事。前段是説自己一輩子在南唐這樣的國家裏，完全不懂得戰爭是怎麽一回事。證以當時的吴國和代吴而起的南唐有較長時期不被戰禍，以及李煜是一個『生於深宫之中，長於婦人之手』的人，這種説法是符合事實的。後半是説，一旦做了俘虜，在愁苦中消磨時日，身體必然是瘦削了，鬢髮必然是斑白了；而尤覺難堪的是，當慌慌張張辭别太廟的時候，教坊女樂還奏起别離的歌曲，只對著宫娥流淚這一個場面。就李煜生平的生活環境和他所寫的許多小詞看，這種説法也可能是真實的。從這裏，多少可以看出李煜的人物性格和特殊作風。有人爲了要迴護他在國家淪亡的關頭，不該全無心肝的還在『垂淚對宫娥』，因而認爲這決非李煜詞。並説他當曹彬下江南時，曾令積薪宫中，誓言若國家淪亡，當攜家人赴火死，來證實這詞係出於後人的僞作（袁文《甕牖閒評》）。這種離開作者的生活實踐和作品的具體表現來談作品的真僞，是不妥當的。『幾曾識干戈』已經不是任何一個人都説得出了，『垂淚對宫娥』，則尤非一般没有帝王的生活體驗的士大夫們所能設想得到。李煜有没有發過誓要與國家共存亡，發過誓後是否就會實踐，這一些暫且不論，（馬令《南唐書》是這樣記載過的），但他降宋則是無可否認的事實。所以我認爲像這樣鮮明地刻志著李煜的個性和作風的作品，是不應該看成是僞作的。

【校勘】

『四十年來』，《東坡志林》（《叢書集成》本，後同）卷四《跋李王詞》、《南唐拾遺記》（《昭代叢書》本，後同）引均作

『三十餘年』：《希通錄》引《志林》作『二十餘年』（宛委山堂本、商務本《説郛》同）；《詞苑叢談》引作『三十年餘』。

『三千』，《東坡志林》、《希通錄》引、《南唐拾遺記》引、《詞苑叢談》引均作『數千』。

『里地』，《南唐拾遺記》引作『里外』。

『鳳閣』，《南唐拾遺記》引、《全唐詩》、《詞林紀事》均作『鳳闕』。

『連霄漢』，蕭本奪『漢』字。

『玉樹瓊枝』，呂本作『瓊枝玉樹』。按，《東坡志林》、《希通錄》、《苕溪漁隱叢話》、《詩話總龜》引東坡語在『山河』下均無『鳳閣』兩句。

『識干戈』，《東坡志林》、《希通錄》引、《南唐拾遺記》引、《詞苑叢談》引均作『慣干戈』；《苕溪漁隱叢話》引作『慣見干戈』（芸經樓仿宋本《海山仙館叢書》本同，恐衍『見』字）；蕭本奪『識』字。

『臣虜』，《詞苑叢談》引作『臣妾』，《詞林紀事》作『臣僕』。

『教坊猶奏別離歌』，『猶奏』，《花草粹編》、《全唐詩》、《詞林紀事》均作『獨奏』，《兩般秋雨盦隨筆》引作『不堪重聽教坊歌』。案，梁紹壬隨筆所引，恐係誤記，未必別本如此。

『垂淚』，《東坡志林》及《容齋隨筆》、《希通錄》、袁文《甕牖閒評》（《聚珍版叢書》本，後同）、《南唐拾遺記》、《詞苑叢談》、《兩般秋雨盦隨筆》引東坡語均作『揮淚』。

【附錄】

袁文《甕牖閒評》卷五：『蘇東坡記李後主去國詞云：「最是倉皇辭廟日，教坊猶奏別離歌，揮淚對宮娥！」以爲後主失國，當慟哭於廟門之外，謝其民而後行；乃對宮娥聽樂，形於詞句！余謂此決非後主詞也，特後人附會爲之耳。觀曹彬下江南時，後主豫令宮中積薪，誓言若社稷失守，當携血肉以赴火。其厲志如此，後雖不免歸朝，然當是時更有甚教坊，何暇對宮娥也！』

毛先舒《南唐拾遺記》：『案，此詞或是追賦。倘煜是時猶作詞，則全無心肝矣！至若揮淚聽歌，特詞人偶然語。且據煜詞，則揮淚本爲哭廟，而離歌乃伶人見煜辭廟而自奏耳。』

望江梅

閒夢遠，南國正芳春：船上管絃江面淥〔一〕，滿城飛絮輥〔二〕輕塵。忙殺看花人！

閒夢遠，南國正清秋：千里江山寒色遠，蘆花深處泊孤舟〔三〕。笛在月明樓〔四〕。

【注釋】

〔一〕『淥』，很清的水。

〔二〕『輥』，車輪轉得很快叫『輥』。

〔三〕『泊』，船附岸叫『泊』。

〔四〕此句是説月明之夜在樓中吹笛。這情事給人很深的印象，所以特別提出來。趙嘏『長安晚秋』詩有『長笛一聲人倚樓』句，人家就稱他做『趙倚樓』。可見一般有這種看法，不僅是個人的偏愛。

【賞析】

這是李煜入宋後眷戀南唐的心情的一種表現。寫的雖然只是美妙的境界，由於他對這美妙的境界的夢想和愛慕，就滲透著現場生活孤寂難堪的情味；寫的雖然只是芳春和清秋中的個別的景物情事，由於他抓住了最具有代表性的最動人的東西作精細的刻劃，就體現出整個美麗的南國的全貌。

【校勘】

這詞，《全唐詩》、《歷代詩餘》均分爲二首，和下一首《望江南》均歸在一調下，合四首。《全唐詩》調名『憶江南』，《歷代詩餘》調名『望江南』。《花草粹編》把這詞列在《望江南》下，但不分爲二首。

『淥』，各本均作『綠』。

『輥』，呂本作『滚』，蕭本、舊鈔本、《花草粹編》、《全唐詩》、《古今詩餘醉》均作『混』。

『忙殺』，《花草粹編》、《全唐詩》均作『愁殺』。

『清秋』，《歷代詩餘》作『新秋』。

『寒色遠』，《全唐詩》、《歷代詩餘》均作『寒色暮』。

望江南

多少恨，昨夜夢魂中：還似舊時游上苑〔一〕，車如流水馬如龍〔二〕，花月正春風！

多少淚，斷臉復橫頤〔三〕。心事莫將和淚説，鳳笙〔四〕休向淚時吹，腸斷更無疑！

【注釋】

〔一〕『上苑』，見前《謝新恩》其二注〔一〕。

〔二〕此句是説車馬很多，絡繹不絶。

〔三〕『頤』，面頰。『斷臉復橫頤』是眼淚縱橫交流的狀態。

〔四〕『鳳笙』，相傳簫史、弄玉夫婦吹簫，簫聲引動了鳳（參見前《謝新恩》其二注〔一〕）。後人就把這『鳳』字套在笙簫上面，表示是很好的樂器。

【賞析】

這是李煜入宋後的作品。恨煞夢裏的繁華景象，怕提舊事，怕聽細樂，都深刻地表達出當時悲苦的心境。

【校勘】

這詞，《尊前集》、《全唐詩》、《歷代詩餘》都分爲二首。《花草粹編》注：『一名「夢遊仙」、「夢江南」、「江南好」。』張綖《詩餘圖譜》（汲古閣本，後同）調下注：『一名「夢江南」，「夢江梅」。』説明：『前段五句三韻二十七字』，又：『後段同前』。《嘯餘譜》注：『一名「望江梅」，即「夢江南」後加一疊，雙調。』《全唐詩》、《詞譜》均作『憶江南』。

『還似』，《花間集補》作『還是』。

『斷臉』，《全唐詩》作『霑袖』。

『和淚説』，《花草粹編》作『如淚滴』，《全唐詩》作『和淚滴』。

『淚時吹』，《花草粹編》作『月時吹』，《全唐詩》作『月明吹』。

烏夜啼

林花謝了春紅〔一〕，太匆匆！　無奈朝來寒雨晚來風。　臙脂淚，留人醉，幾時重〔二〕？　自是人生長恨水長東！

【注釋】

〔一〕『謝』，即辭去，花落又叫『花謝』。這句是説林花已辭謝春天的紅艷，即是已經飄落了。針對辭謝的語氣，所以下面接著説『太匆匆』。

〔二〕『臙脂淚』，『臙』即『胭』，女人臉上搽胭脂，淚流過臉就成爲『臙脂淚』。這裏是承上落花説，語意雙關。在『留人醉』的時候爲什麼會流淚呢？　這是表示無限依戀，不忍分别的意思。蘇軾《木蘭花令》詞：『故將别語惱佳人，要看梨花枝上雨（比象佳人流淚）。』很具體地體現了女人惜别時的情態，和這句意可互相印證。

【賞析】

這首詞怕也是李煜入宋後所作。前段寫景物，雖是寫客觀的景物，但用『太匆匆』，用『無奈』，句意便轉向主觀的感受，而不是徒作客觀的描寫。融景入情，景爲情使，是抒情而不是體物，景物只是作者所選用的素材，雖是特殊而帶有普通的意義。讀者在這裏所感染到的是美好的東西横遭摧毁，並不限於『林花』，『林花』的命運如此，其他和『林花』同樣命運的都如此。後段轉到人事，把『林花』值得留戀比象女人留醉，也是舉出一種最悽豔動人的事件來説的，個别而帶有一般的性質，不局限於這一事件。從這些方面去理解，就有足够的力量來表現『人生長恨水長東』這樣的一個意義極爲深廣的主題思想了。

【校勘】

調名，《樂府雅詞》作『憶真妃』，《花草粹編》把這詞歸入《相見歡》，在李後主下注：『烏夜啼』。

『匆匆』，吴本誤作『忽忽』。

『無奈』，吕本、蕭本、舊鈔本、侯本均作『常恨』，劉箋本作『□恨』。

『寒雨』，吕本、蕭本作『寒重』，吴本、侯本『寒』下空一字。

『晚來風』，吴本作『曉來風』。

『留人醉』，《樂府雅詞》、《花草粹編》、《詞綜》、《全唐詩》均作『相留醉』。

『自是』，《樂府雅詞》作『到了』。粤雅堂本《樂府雅詞》注：『原本「到了」二字誤』。又在此句末注：『李後主作』。

子夜歌

人生愁恨何能免？銷魂獨我情何限！故國夢重歸，覺來雙淚垂！　高樓誰與上？長記秋晴望。往事已成空，還如一夢中。

【賞析】

馬令《南唐書·後主書第五》注：『後主樂府詞云：「故國夢初歸，覺來雙淚垂！」又云：「小園昨夜又西風，故國不堪翹首月明中！」皆思故國者也。』這是李煜入宋後抒寫亡國哀思的作品。前段是說人生都不免有愁恨，而我的情懷更覺難堪，這是泛指一般的情況。夢回故國，一覺醒來便流淚，這是專指特殊的情況。後段緊接特殊情況推進一層說，本來故國是不堪回首的，可是老是記著以前秋高氣爽的時候跟人在樓上眺望的情事。現在叫誰跟我一起呢？看來舊事全是空幻的，只是像一場大夢罷了。從悲痛之極，無可奈何，歸結到人生如夢，便覺真摯動人。

【校勘】

調名，《尊前集》、《詞綜》均無『歌』字。呂本、《全唐詩》均作《菩薩蠻》。毛本《尊前集》調名下注：『即「菩薩蠻」』。

『重歸』，馬令《南唐書·後主書》注作『初歸』。

『誰與上』，舊鈔本作『誰與共』，吳本、侯本『與』下空一字。

《花草粹編》在篇末有注，見前『尋春須是先春早』首的『校勘』。

浪淘沙 傳自池州夏氏

往事只堪哀！對景難排。秋風庭院蘚侵堦〔一〕。一任珠簾閒不捲〔二〕，終日誰來？

金瑣已沈埋〔三〕，壯氣蒿萊〔四〕！晚涼天淨月華開。想得玉樓瑤殿影，空照秦淮〔五〕。

【注釋】

〔一〕『蘚侵堦』，苔蘚不應生在階上而生在階上，故説『蘚侵堦』，説明了階上久無人行。

〔二〕『珠簾閒不捲』，珠簾垂下不捲，説明無人出入。

〔三〕『金瑣』，即金鎖，原義是金質的鎖鑰，這裏疑指金鎖甲。杜甫《重過何氏》詩：『雨抛金鎖甲，苔卧綠沈槍。』仇兆鰲《杜詩詳注》引薛蒼舒説：『車頻《秦書》：苻堅使熊邈造金銀細鎧，金爲線以纚之。今謂甲之精細者爲鎖子甲，言相銜之密也。』

〔四〕『蒿萊』，兩種植物，時常生長在久無人到的屋舍中。這裏和壯氣配合起來説，應作下降、消沈解。梅堯臣《西洛牡丹》詩：『萌芽始見長蒿萊，氣焰旋看壓桃李。』高下比照，意義便很明顯。

〔五〕『秦淮』，即南京秦淮河，當時屬南唐。河中有畫舫游艇，河岸有歌樓舞館，係金陵（南京）勝地。

【賞析】

這是李煜抒寫入宋後懷念南唐的一種哀痛的心情。前後段都先以無比怨憤的聲調衝激而出，然後通過具體的生活現象和内心活動來表達當時十分難堪的情況。前段寫風景撩人，而珠簾不捲，無誰告語，是日間生活的難堪。後段寫天清月白，想起秦淮河畔的樓殿，只有影兒投入河裏，一切繁華舊事，都成空花，是夜間生活的難堪。日夜並舉，用突出的形象，作高度的概括。

【校勘】

調下注，侯本注在篇末。《續集》題作『感念』。

『一任』，吴本、吕本、侯本、《花草粹編》、《詞綜》均作『一行』；《全唐詩》、《歷代詩餘》、粟香室覆侯本均作『一桁』；《續集》作『一片』。

『金瑣已沈埋』，侯本、《花草粹編》、《詞綜》、《全唐詩》、《歷代詩餘》均作『金劍已沈埋』；《續集》作『金斂玉沈埋』。按，作『金斂玉沈埋』，近於纖巧的雕琢，恐因『劍』字誤『斂』字不可解，再改『已』字爲『玉』字。『天淨』，吳本、呂本、侯本、蕭本、《花草粹編》、《續集》、《詞綜》、《全唐詩》均作『天靜』。

【附錄】

沈際飛云：『此在汴京念秣陵事作，讀不忍竟。』（《草堂詩餘續集》眉評）

虞美人《尊前集》共八首，後主煜重光詞也。

春花秋葉〔一〕何時了〔二〕？往事〔三〕知多少〔四〕。小樓昨夜又東風，故國不堪回首月明中〔五〕！　雕闌玉砌〔六〕依然在，只是朱顔改〔七〕。問君〔八〕能有許多愁？恰似一江春水向東流。『許多』一作『幾多』。

【注釋】

〔一〕『春花秋葉』，用春天的花和秋天的葉來代表一年。古人往往用春秋代表年，詞入用起來，就加上『花』、『葉』，使得更具體鮮明罷了。有人從另一本作『春花秋月』，解作一年最好的景物，也即是過著美好生活的時候。

〔二〕『何時了』，何時才完了？何時纔到盡頭？

〔三〕『往事』，指過去最值得回憶的事。如果從『春花秋月』本，是承花前月下的美好生活説。

〔四〕『知多少』，多多少少都記得，即記得很清楚的意思。如果從『春花秋月』本，作不知其多少解，即記得很多的意思。

〔五〕『故國』，指南唐。

〔六〕『雕闌玉砌』，『雕闌』，雕繪的闌干。『玉砌』，見前《望遠行》注。『雕闌玉砌』，泛指宫殿。

〔七〕『朱顔改』，改變了紅潤的面色，這裏是泛指人事。（王闓運謂『朱顔本是山河』，既説『宫殿』，又説『山河』，恐非本意。）

〔八〕『問君』，是假設詞，其實就是自己問自己，和『爲問』的意義相同。

【賞析】

這是李煜入宋做俘虜後第二年（九七七）正月寫的。李煜在九七六年正月到汴京受降，距寫這詞時恰恰過了一年，因此，我認爲這詞的開首作『春花秋葉』，解成一年的時節，比之作『春花秋月』解成美好的生活現象更恰當。（『一葉落，天下知秋』，從秋葉所引起的是天寒歲暮之感，和春花配合起來只能是標志著一年的時節，是不能看成美好景象的。）『往事知多少』解成降宋的慘痛的事件還清楚記得，也比較符合實際情況。就上文的『何時了』和下文的『又東風』、『故國不堪回首』看，思想感情也聯繫得更緊密。即使認爲這詞是再過一年（九七八）的正月寫的，把首句解成一年一年地過去，何時纔到了盡頭？寫出時日很難挨過的情況，也還是合適的。開首寫回憶一年前的事件，如在眼前，很覺難堪。接著纔説明當時的實際情況，是在正月一個月夜裏。『東風』本來是泛指春天，因爲上面用一個『又』字，是説明冬去又春來，一年又開始，所以應該是正月。後段『雕闌』句是承『故國』句説，是回想中的境界，用宮殿概括一切繁華美富的東西，不限於宮殿。『只是』句，用朱顔概括一切過往的人事，不限於容貌。末兩句用『一江春水向東流』的具體形象來説明愁懷的深長，『向東流』是現實也是寄託。

【校勘】

調名，毛本《尊前集》作『虞美人影』。

調名下注，呂本同，侯本無。《尊前集》注：『中呂調』。『陳校』、《類編》、『毛訂』、《正集》、『宋校』均題作『感舊』。『宋校』題下注：『此詞想亦是歸朝後所作』。

『《尊前集》共八首，後主煜重光詞也』。按，毛本《尊前集》録『李王』詞共兩處，一處標明五首，一處標明八首，『望江南』分行寫，仍作一首算，共十三首。朱本《尊前集》録『李王』詞凡三處，『望江南』分爲二首，共十四首。

『秋葉』，吳本、呂本、侯本、《草堂詩餘》、《花草粹編》、《花間集補》均作『秋月』。（王國維《南唐二主詞校勘記》謂『「秋葉」，《尊前》、《草堂》均作「秋月」。』恐失檢，毛、朱本《尊前集》均作『秋葉』。）劉辰翁《須溪詞·虞美人》凡十八首，其中標明用李後主韻的二首，第一首末句云：『誰唱春花秋葉淚偷流？』則劉辰翁所見的本子也是作『秋葉』的，不僅是《尊前集》、《花庵詞選》和南詞本而已。玄覽齋本《花間集補》作『春月秋月』，上『月』字顯然是錯誤。

『小樓』，馬令《南唐書·後主書第五》注作『小園』。

『東風』，同上書作『西風』。按，『西風』不合，各本均作『東風』，恐係馬令一時誤記或刻本有誤。

『回首』，同上書作『翹首』。

『依然』，舊鈔本、《花庵詞選》、《草堂詩餘》、《花草粹編》、《花間集補》、《詩餘圖譜》、《嘯餘譜》、《詞綜》、《全唐詩》、《詞林紀事》均作『應猶』。

『只是』，《正集》『是』下注：『一作「怪」，誤』。那末，《正集》評正者沈際飛還看到一本是作『只怪』的，現在已看不到了。

『問君』，《尊前集》作『不知』。

『能有』，吴本、吕本、侯本、蕭本、《尊前集》、《後山詩話》引、宋本《淮海居士長短句·江城子》注引、《妙選》、《類編》、《花草粹編》、《詩餘圖譜》、《嘯餘譜》、『宋校』均作『都有』。陳郁《藏一話腴》引、《花庵詞選》、『陳校』、《花間集補》均作『還有』。《正集》作『卻有』，『卻』下注：『一作「能」，又作「都」，誤』。

『許多』，吕本、侯本、《尊前集》、《後山詩話》引、《藏一話腴》引、《淮海居士長短句》注引、《花庵詞選》、《樂府紀聞》、《草堂詩餘》、《花草粹編》、《花間集補》、《詩餘圖譜》、《南唐拾遺記》引、《詞綜》、《全唐詩》、《歷代詩餘》、《詞林紀事》均作『幾多』。《正集》『幾』下注：『一作「許」』。

『恰似』，劉筌本、《尊前集》、《類編》、《嘯餘譜》、『毛訂』均作『恰是』。《正集》『似』下注：『一作「是」，誤』。《嘯餘譜》『是』下注：『當作似』。《藏一話腴》引、《淮海居士長短句》注引、《詩餘圖譜》均作『卻似』。

《妙選》、《類編》篇末均附録《雪浪齋日記》。

【附録】

陸游《避暑漫鈔》：『李煜歸朝後，鬱鬱不樂，見於詞語。在賜第七夕，七命故妓作樂，聲聞於外

（《説郛》本無『聲』字）。太宗怒。又傳「小樓昨夜又東風」及「一江春水向東流」之句（《説郛》本無此十四字），並坐之，遂被禍。』（《古今説海》本）

王銍《默記》上：『徐鉉歸朝爲左散騎常侍，遷給事中。太宗一日問：「曾見李煜否？」鉉對以：「臣安敢私見之？」上曰：「卿第往，但言朕令卿往相見可矣！」鉉遂徑往其居，望門下馬，但（《説郛》本無「但」字）一老卒守門。徐言：「願見太尉。」卒言：「有旨不得與人接，豈可見也？」鉉云：「我乃（《説郛》本無此二字）奉旨來見。」老卒往報。徐入，立庭下。久之，老卒遂入（《説郛》本無『入』字），取舊椅子相對。鉉遥望見（《説郛》本無『望』字），謂卒曰：「但正衙一椅足矣！」頃間，李主（《説郛》本作『王』）紗帽道服而出。鉉方拜，而李主（《説郛》本無此二字）遽下堦引其手以上，鉉告辭賓主之禮。主（《説郛》本作『李王』）曰：「今日豈有此禮？」徐引椅稍偏，乃敢坐。後主相持大哭（《説郛》本、《南唐拾遺記》均作『大笑』），乃坐，默不言（《説郛》本作『乃默坐不言』），忽長吁嘆曰：「當時悔殺了潘佑、李平！」鉉既去，乃有旨再對（《説郛》本無『乃』字，『再』作『召』）。詢後主何言？鉉不敢隱。遂有秦王賜牽機藥之事。牽機藥者，服之前卻數十回，頭足相就如牽機狀也。又後主在賜第，因七夕，命故妓作樂，聲聞於外，太宗聞之大怒。又傳「小樓昨夜又東風」及「一江春水向東流」之句，並坐之，遂被禍云。』

《樂府紀聞》：『後主歸宋後與故宮人書云：「此中日夕只以眼淚洗面。」每懷故國，詞調愈工。其賦《浪淘沙》有云：「夢裏不知身是客，一晌貪歡」，「流水落花春去也，天上人間」；其賦《虞美人》有云：「問君能有幾多愁？恰似一江春水向東流」。舊臣聞之，有泣下者。七夕在賜第作樂。太宗

聞之怒，更得其詞，故有賜牽機藥之事。』（《歷代詩餘》卷一百十三引）

陳霆《唐餘記傳》：『煜以七夕日生，是日燕飲聲伎，徹於禁中。太宗銜其有故國不堪回首之詞，至是又慍其酣暢，乃命楚王元佐等攜觴就其第而助之歡。酒闌，煜中牽機藥毒而死。』按，王銍《默記》謂秦王賜牽機藥，而陳霆《唐餘記傳》謂楚王元佐，兩説不同。彭元瑞《知聖道齋讀書跋》謂陳氏此書全襲陸書。陸書實無此文。夏承燾據《文獻通考》引《江鄰幾雜志》和《宋史·宗室魏王廷美傳》，考定是宋太宗命秦王廷美賜牽機藥，説當可信。

毛先舒《南唐拾遺記》：『詞女紫竹愛綴詞。一日，手李後主集。其父問曰：「後主詞中何處最佳？」答曰：「問君能有幾多愁？恰似一江春水向東流。」』按，此可與荆公問山谷語並傳。

浪淘沙令

簾外雨潺潺〔一〕，春意闌珊〔二〕，羅衾不耐五更寒。夢裏不知身是客，一餉貪歡〔三〕。

獨自莫憑欄！無限關山，別時容易見時難〔四〕。流水落花春去也，天上人間〔五〕！《西清詩話》云：『後主歸朝，每懷江國，且念嬪妾散落，鬱鬱不自聊，遂作此詞，含思悽惋，未幾下世。

【注釋】

〔一〕『潺潺』，雨聲。

〔二〕『闌珊』，見前《阮郎歸》注。蘇軾《蝶戀花》詞：『春事闌珊芳草歇。』句意更明顯，可互相印證。

〔三〕『一餉』，見前《菩薩蠻》（花明月暗籠輕霧）注。以上三句是説，羅衾薄，寒氣重，已感到不支了，在夢中竟不知已客居異地（作了俘虜），還以爲像舊日做帝王時一樣，貪片刻的歡樂。

〔四〕借『別易會難』的説法來表示對國家的依戀，意思是説，擁有無限關山的南唐，自和它分別後，已難得再見它了。

〔五〕承上句説明別易見難的程度，好像落花隨流水飄蕩，大好春光一去不復返了，一在天上，一在人間，永沒有會面的機緣了！一説，像流水飄著落花般把春光全部帶走了，不知是在天上還是在人間。表示迷離惝怳的心境。

【賞析】

這詞的情意很悲苦，應是李煜被俘後感到十分哀痛時寫出來的，《西清詩話》的説法可信。前段實寫當時的生活和感受：聽雨聲，傷春意，感寒重，都是很不好過的。但夢中竟不識趣，忘了自己已經是一個囚徒，一時間還貪戀著帝王般的歡樂生活。在這種截然不同的苦和樂的生活情況對照之下，就越發感到心上的創傷不斷劇痛起來，從而認識到舊日的情事，是不堪回首的了，一旦回首，只有加深自己的悲痛。因此,後段就自己警告自己説:『獨自莫憑欄!』爲什麼?無限關山,已難再見,正像落花隨流水,一去不復回,天上人間成永訣,難道還堪憑欄眺望嗎?憑欄眺望,勢必回想前事,只能增加悲痛。這在夢裏是没有辦法控制的。受了夢裏的經驗教訓之後,可以自己控制的現實生活,難道還可以很莽撞地不加控制嗎?這是李煜不敢憑欄望的真正的苦衷。正因爲他不敢憑闌望,才越發體現出他對故國的滅亡是具有何等悲痛的心情!有人認爲李煜在當時只回想舊日的歡樂,貪圖舊日的歡樂,把他『夢裏不知』的情事看成他有意回想的情事,把他害怕接觸到的境界看成他十分願望的境界,這是不符合這詞的具體表現和作者的真情實意的。

【校勘】

調名,呂本無『令』字;除《詞譜》外,各選本都無『令』字。『毛訂』、《正集》、『宋校』均題作『懷舊』,《正集》旁注:『作「春閨」,非』。

『闌珊』,吳本、呂本、侯本、蕭本、無名氏《金玉詩話》(《説郛》本)均作『將闌』。

『羅衾』,《正集》『衾』下注:『一作「衣」,誤。』按,現存各本没有作『羅衣』的,可見沈氏所見的本子已遺失了。

『不耐』,吳本、呂本、侯本、《西清詩話》(見《説郛》本《西清詩話》、《苕溪漁隱叢話》前集引、《詩話總龜》後集引、《金玉詩話》、《李後主詞》條雖不標明引《西清詩話》,恐同出一源)、《花庵詞選》、《妙選》、『陳校』、《花草粹編》、《花間集補》、《嘯餘譜》、『毛訂』、《正集》、《詞綜》、『宋校』均作『不暖(煖、暝)』。《正集》『煖』下注:『一作「耐」』。『宋校』旁批:『「一作「耐」,較穩』。

『是客』,《花草粹編》作『似客』。

「一餉」，呂本、侯本、《花草粹編》、《詞綜》、《詞律》、《全唐詩》、《歷代詩餘》、《詞譜》、《詞林紀事》均作「一晌」；吴本作「一向」。

「莫憑欄」，《金玉詩話》作「倚欄杆」；《花間集補》、《詞綜》、《全唐詩》、《詞林紀事》均作「暮憑闌」。

「關山」，《花庵詞選》、《草堂詩餘》、《花草粹編》、《花間集補》、《嘯餘譜》、《詩餘圖譜》、「毛訂」、《詞綜》、《詞律》、《全唐詩》、《歷代詩餘》、《詞林紀事》均作「江山」。

「春去」，吴本、呂本、侯本、蕭本、《花庵詞選》、《花間集補》、《正集》、《詞綜》均作「歸去」；《西清詩話》作「何處」。吴本、侯本注：「一作『何處』。」呂本在「也」字下注：「一作『何處也』。」《正集》在「歸」字下注：「一作『春』，誤。」「宋校」篇末附識引陳眉公（繼儒）云：「花歸而人不歸，寓感良深。若作『春去』，便犯『春意』句矣。」

篇末注，「歸朝」，吴本、呂本、蕭本，《苕溪漁隱叢話》、《詩話總龜》等引《西清詩話》、《妙選》、「陳校」、《正集》附録《西清詩話》均作「歸朝後」。侯本無注。

補遺

李璟詞

浣溪沙

風壓輕雲貼水飛，乍晴池館燕爭泥。沈郎[一]多病不勝衣[二]。　沙上未聞鴻鴈信[三]，竹間時有鷓鴣啼[四]。此情惟有落花知！

【注釋】

〔一〕『沈郎』，見前李煜詞《破陣子》首『沈腰』注。

〔二〕『不勝衣』，説明瘦損不堪，連穿衣都覺得負擔過重，不能勝任，和『弱不禁風』的意義差不多。

〔三〕『鴻鴈』，見前李煜詞《清平樂》『鴈來音信無憑』注。

〔四〕『鷓鴣』，鳥名，春天好鳴，鳴聲似『行不得也哥哥』，往往會喚起離人的心緒，因此在寫春天具有離懷別感的詩詞中，就會用到它。

【校勘】

這詞並見延祐雲間本《東坡樂府》（四印齋影印本。毛本不收）。《類編》、《花草粹編》、『毛訂』、《全唐詩》、《歷代詩餘》、『宋校』均作李璟作。《類編》、《花草粹編》、『毛訂』、『宋校』均題作『春恨』。《正集》作蘇東坡作，注：『刻李景，誤。』題作『春晴』，旁注：『或作「春恨」。』《古今詩餘醉》也題作『春晴』。

『沙上』，『毛訂』作『沙土』，誤。

『未聞』，《東坡樂府》作『不聞』。

『時有』，《正集》、《全唐詩》、《歷代詩餘》均作『時聽』。《正集》『聽』下注：『一作「有」，誤。』

又別見《珠玉詞》

一曲新詞酒一杯，去年天氣舊亭臺。夕陽西下幾時回！　無可奈何花落去，似曾相識燕歸來。小園香徑獨徘徊。上二闋見《草堂詩餘》，題中主作。

【校勘】

此詞並見晏殊《珠玉詞》。毛本《珠玉詞》此詞題下注：『向誤入《南唐二主詞》』。《類編》、『毛訂』、『宋校』均題李景作；『陳校』作晏叔原作；《正集》作晏同叔作。『宋校』附識：《歷朝詞選》載此詞爲晏元獻公所作，今云李景，似誤。』

『陳校』、《類編》、《正集》篇末均附錄《苕溪漁隱叢話》引《復齋漫錄》『晏元獻赴杭州……』條。

【附錄】

《苕溪漁隱叢話》後集卷二十『王君玉』條：『《復齋漫錄》云：『晏元獻赴杭州，道過維揚，憩大明寺。瞑目徐行，使侍吏讀壁間詩板，戒其勿言爵里姓氏。終篇者無幾。又俾誦一詩云：「水調隋宮曲，當年亦九成。哀音已亡國，廢沼尚留名。儀鳳終陳迹，鳴蛙祇廢聲。淒涼不可問，落日下蕪城！」徐問之，江都尉王琪詩也。召至同飯，飯已，又同步池上。時春晚已有落花。晏云：「每得句，書牆壁間，或彌年未嘗强對；且如無可奈何花落去，至今未能對也。」王應聲曰：「似曾相識燕歸來。」自此辟置館職，遂躋侍從矣。』

厲鶚《宋詩紀事》卷七晏殊《示張寺丞王校勘》詩：『元巳清明假未開，小園幽徑獨徘徊。春寒不定斑斑雨，宿醉難禁灩灩杯。無可奈何花落去，似曾相識燕歸來。遊梁賦客多風味，莫惜青錢萬選才。』《詞林紀事》附錄此詩，張宗橚案云：『中三句與此詞同，只易一字。細玩「無可奈何」一聯，情致纏綿，音調諧婉，的是倚聲家語，若作七律，未免軟弱矣』。

李煜詞

烏夜啼

無言獨上西樓，月如鉤。寂寞梧桐深院鎖清秋〔一〕。剪不斷，理還亂，是離愁〔二〕。別是一般滋味在心頭！見《花庵詞選》，以下皆後主作。

【注釋】

〔一〕此句是說秋色籠罩著栽滿梧桐的寂靜的院落。

〔二〕用具體的動作來說明離愁千萬縷，無法排遣。

【校勘】

這詞《花庵詞選》、《續集》均作後主作；《花草粹編》引《古今詞話》、《十國春秋》均認爲是孟昶作。《花草粹編》、《續集》、《詞律》調名均作『相見歡』。《續集》李後主下注：『一刻蜀主孟昶。』《詞譜》在『相見歡』調下注：『南唐李煜詞有「無言獨上西樓，月如鉤」句，更名「秋夜月」，又名「上西樓」，又名「西樓子」』。可見《詞譜》作者也認爲是後主作。（趙萬里校輯楊湜〔原誤作偍〕《古今詞話》在此詞後案：《花庵》、《唐宋諸賢絶妙詞選》引作李後主詞，南詞本《南唐二主詞》無之，楊湜謂爲孟昶作，殆必有據。」）《續集》題作『離懷』。『別是』，《花草粹編》作『別有』。《續集》『是』下注：『一作「有」。』《花庵詞選》調名下注：『此詞最淒惋，所謂「亡國之音哀以思」。』

更漏子

金雀釵〔一〕，紅粉面，花裏暫時相見。知我意，感君憐，此情須問天。香作穗〔二〕，蠟成淚〔三〕，還似兩人心意。珊枕〔四〕膩〔五〕，錦衾寒〔六〕，夜來更漏殘〔七〕。

【注釋】

〔一〕『金雀釵』，是釵頭綴上金雀形的釵，古代婦女用來插在頭上。

〔二〕『香作穗』，似指香燒後上端彎下像穗下垂的樣子。

〔三〕『蠟成淚』，蠟燭燃燒時熔液流下好像垂淚。

〔四〕『珊枕』，即珊瑚枕。一作『山枕』，枕堆疊如山也。

〔五〕『膩』，是汙垢的意思。

〔六〕『錦衾』，即錦被。

〔七〕『更漏殘』，指接近天亮的時候。

【校勘】

這詞見趙崇祚《花間集》，溫庭筠作。《尊前集》歸入李王詞，後人據以輯入《南唐二主詞》，實誤。各選本仍作溫庭筠作。

《尊前集》在調下注：『大石調』。

『暫時』，四印齋影宋本《花間集》作『暫如』。

『珊枕』，呂本、侯本、《花間集》、《尊前集》、《金奩集》（《彊村叢書》本，後同）、《花草粹編》、《歷代詩餘》均作『山枕』。

『夜來』，《花間集》、《金奩集》、《花草粹編》、《歷代詩餘》均作『覺來』。

又 大石調

《花間集》、《花庵詞選》均作溫庭筠。

柳絲長，春雨細。花外漏聲迢遞〔一〕。驚塞鴈〔二〕，起城烏〔三〕；畫屏金鷓鴣〔四〕。

香霧薄，透重幙，惆悵謝家〔五〕池閣。紅燭背，繡帷垂〔六〕，夢長君不知！見《尊前集》

【注釋】

〔一〕『漏聲迢遞』，『漏聲』是銅壺滴水的聲音（參閱前李煜詞《烏夜啼》『昨夜風兼雨』首『漏斷』注）。『迢遞』，遠的意思。

〔二〕『塞鴈』，是指從塞上飛來的鴈。我國古時通常是把邊遠的北方稱作『塞上』。

〔三〕『城烏』，指宿在城上的烏鴉。

〔四〕『畫屏金鷓鴣』，『畫屏』就是以彩畫爲飾的屏風，『畫屏金鷓鴣』即屏風上畫著的金鷓鴣。以上是盡量形容漏聲的感動力，連塞鴈、城烏都受它感動而驚起，不受感動的只有屏風上畫著的金鷓鴣而已。這麼一來，聽了這種聲音的人的難堪的心境就可想而知了。

〔五〕『謝家』，泛指閨中的女人。晉謝奕的女兒謝道韞，唐李德裕妾謝秋娘都很有名，後人因把『謝家』代表閨中的女流。

〔六〕『繡帷』，帷，就是帷幔、帳幕之屬，用以隔蔽内外的。『繡帷』是用金線繡成的帷幔。

【校勘】

這詞見《花間集》，溫庭筠作。《尊前集》歸入李王詞，實誤。各選本仍作溫庭筠詞。

調名下，朱本《尊前集》注：『大石調』。毛本《尊前集》注：『大石調。《金荃集》作溫飛卿』。

『絲』，朱孝臧《尊前集》校記：『原本（按：指梅禹金本）「絲」作「絮」。』

『塞鴈』，毛本《尊前集》作『寒鴈』。

『城烏』，《尊前集》、劉補本均作『寒烏』。

『重幙』，《花間集》、《花庵詞選》、《金奩集》、《花草粹編》均作『簾幙』。

『繡帷』，《花間集》、《花庵詞選》、《金奩集》，《花草粹編》均作『繡簾』。

長相思 別見鄧肅《栟櫚詞》

一重山，兩重山，山遠天高烟水寒，相思楓葉丹〔一〕。　菊花開，菊花殘，塞鴈高飛人未還，一簾風月閒。見《草堂詩餘》

【注釋】

〔一〕『相思楓葉丹』，『丹』，紅的顔色。『楓』，是一種落葉喬木，這種樹一般高二三丈，它的葉子作掌形而三裂，經秋就變成紅色，因此亦叫『丹楓』。『相思楓葉丹』語意雙關，是説相思到楓葉紅的時候，同時也以楓葉紅來比襯相思的愁苦。『慘緑愁紅』、『紅愁緑怨』，詩人是慣於用紅的東西來象徵愁的。

【校勘】

這詞並見鄧肅《栟櫚詞》。《類編》、《花草粹編》、『毛訂』、《正集》、《歷代詩餘》、『宋校』均題李後主作。『陳校』作鄧肅作。《妙選》不署作者姓名。《草堂詩餘》題作『秋怨』(『陳校』不標題)。

蝶戀花 見《尊前集》。《本事曲》以爲山東李冠作〔一〕。

遙夜亭皋閒信步〔二〕。乍過清明,早覺傷春暮。數點雨聲風約住〔三〕,朦朧淡月雲來去。

桃李依依春暗度,誰在秋千,笑裏低低語?一片芳心千萬緒,人間没個安排處〔四〕。

【注釋】

〔一〕宋楊繪有《時賢本事曲子集》。《後山詩話》:『冠,齊人,爲《六州歌頭》道劉項事,慷慨雄偉。劉潛,大俠也,喜誦之。』(《百川學海》本)《花庵詞選》:『李世英名冠,山東人。』《宋詩紀事》卷七李冠:『冠,字世英,歷城人,以文學稱。與王樵、賈同齊名,官乾寧主簿。有《東皋集》。』(《詞林紀事》同)。

〔二〕『遙夜』,即長夜。宋玉《九辯》:『靚杪秋之遙夜兮。』王逸注:『盛陰脩夜。』脩(修),義同長。『皋』,是水旁地。『信步』,猶散步。

〔三〕此句雨聲給風束住,即風來雨止。

〔四〕此句是説心緒萬端,人間世上没有一個可以安排它的地方。

【校勘】

這詞並見雙照樓影宋吉州本歐陽修《近體樂府》(毛本《六一詞》不收)。《尊前集》歸入李王詞；《樂府雅詞》歸入歐陽永叔詞；《花草粹編》、《正集》、《全唐詩》、《歷代詩餘》均作李後主作；《花庵詞選》、楊慎《詞品》、陳霆《渚山堂詞話》、《類編》、『毛訂』、《詞林紀事》、『宋校』均作李世英作。《花庵詞選》、《類編》、『毛訂』、《正集》、『宋校』均題作『春暮』。

調名下注，侯本、《花草粹編》均注在篇末。

『信步』，吳本、呂本、侯本均作『倒步』。

『乍過』，《花庵詞選》、《類編》、『毛訂』、《正集》、《全唐詩》、《詞林紀事》、『宋校』均作『纔過』。林大椿《近體樂府校記》：「考異：『乍過』一作『過了』。」

『早覺』，《近體樂府》、《樂府雅詞》、《花庵詞選》、《類編》、『毛訂』、《正集》、《詞林紀事》、『宋校』均作『漸覺』。

『傷春暮』，林大椿《近體樂府校記》：「『一作『春將暮』。」

『桃李』，《尊前集》、《近體樂府》、《花庵詞選》、《類編》、『毛訂』、《詞林紀事》、『宋校』均作『桃杏』。《近體樂府》注：「一作『李』。」

『依依』，《近體樂府》、《樂府雅詞》、《花庵詞選》、《類編》、『毛訂』、《詞林紀事》均作『依稀』。林大椿《近體樂府校記》：「『依稀』，一作『無言』。」

『春暗度』，《尊前集》作『風暗度』，《樂府雅詞》、《花庵詞選》、《類編》、『毛訂』、《正集》、《全唐詩》、《詞林紀事》、『宋校』均作『香暗度』。

『誰在』，《近體樂府》、《樂府雅詞》均作『誰上』。《近體樂府》注：「一作『在』。」林大椿《近體樂府校記》：

「「誰」一作「人」。」

「笑裏」，《尊前集》作「影裏」。

「低低」，《近體樂府》、《樂府雅詞》、《花庵詞選》、《類編》、「毛訂」、《正集》、《詞林紀事》、「宋校」均作「輕輕」。《正集》眉注：「「輕輕」，一作「低低」。」

「一片」，《近體樂府》、《樂府雅詞》、《花庵詞選》、《類編》、《詞林紀事》、「宋校」均作「一寸」。

「芳心」，《近體樂府》、《樂府雅詞》、《花庵詞選》、《類編》、「毛訂」、《詞林紀事》、「宋校」均作「相思」。《正集》眉注：「「一片芳心」，一作「寸相思」。」

「千萬緒」，《詞林紀事》作「千萬縷」。

後庭花破子

玉樹〔一〕後庭前，瑤草〔二〕妝鏡邊；去年花不老，今年月又圓。莫教偏，和月和花，天教長少年。陳暘《樂書》云：「《後庭花破子》，李後主、馮延巳相率爲之，其詞如上，但不知李作抑馮作也。」

【注釋】

〔一〕「玉樹」，見前李煜《破陣子》注。

〔二〕「瑤草」，本來有好幾種解釋：仙草、靈芝和香草。這裏的「瑤」是稱美之詞，和上句的「玉」

的用法一樣。

【校勘】

這詞並見明弘治高麗刊本《遺山樂府》（張穆、張家鼎兩種刻本均無，見朱孝臧校記）。《花草粹編》收這詞，未標作者姓名。四印齋本《陽春集》補遺後附注：「《詞辨》上卷引陳氏《樂書》曰：「《後庭花破子》，李後主、馮延巳相率爲之。」此詞李作馮作，惜未載明。各本選錄李詞，亦無此闋。」《詞譜》錄王煇《後庭花破子》後云：『此調創自金元，有邵亨貞、趙孟頫詞及《太平樂府》、《花草粹編》無名氏詞可校。』

『瑤草』，《遺山樂府》作『瑤華』。

『和月和花』，《遺山樂府》、《花草粹編》均作『和花和月』。

『天教』，《遺山樂府》、《花草粹編》均作『大家』。

三臺令

不寐倦長更，披衣出户行；月寒秋竹冷，風切夜窗聲。見《歷代詩餘》引《古今詞話》

【校勘】

這詞沈雄《古今詞話》引《教坊記》作後主作，《歷代詩餘》引同。

【附錄】

沈雄《古今詞話》(《詞辨》卷上):『三臺舞曲,自漢有之。唐王建、劉禹錫、韋應物諸人有宮中、上皇、江南、突厥之別。《教坊記》亦載五、七言體,如:「不寐倦長更,披衣出户行;月寒秋竹冷,風切夜窗聲。」傳是李後主《三臺詞》。「鴈門關上鴈初飛,馬邑闌中馬正肥。陌上朝來逢驛使,殷勤南北送征衣。」傳是盛小叢《三臺詞》。今詞不收五七言,而收六言四句。』(後主詞並見《詞話》卷上。)

搗練子

雲鬟〔一〕亂,晚妝殘,帶恨眉兒遠岫攢〔二〕。斜托香腮春筍嫩〔三〕,爲誰和淚倚闌干? 見《詞林萬選》

【注釋】

〔一〕『雲鬟』,烏雲般的鬟髮。

〔二〕『遠岫攢』,『岫』是山的峯巒,『遠岫』,即遠山,這裏是指眉的形狀像遠山一般。緊蹙不舒叫『攢』,『遠岫攢』即是眉蹙、皺眉。

〔三〕『春筍嫩』,『春筍』指女人的手指,言其尖細。『嫩』是形容手指的柔嫩。

【校勘】

調名下，呂本注：『出升庵《詞林萬選》』。案，楊慎《詞林萬選》錄後主詞前後凡兩處，一處《菩薩蠻·銅簧韻脆鏘寒竹》首，一處即此詞。劉繼增箋：『按，此闋舊鈔本、侯本並不載，當是呂氏校刊附益。』《花草粹編》題作『春恨』，未標作者姓名，在『深院靜』首下。《續集》作李後主作，題作『閨情』。

『嫩』，《花草粹編》作『懶』。

浣溪沙

轉燭〔一〕飄蓬〔二〕一夢歸，欲尋陳跡悵人非。天教心願與身違。　待月池臺空逝水，映花樓閣謾斜暉〔三〕。登臨不惜更霑衣！見《全唐詩》、《歷代詩餘》

【注釋】

〔一〕『轉燭』，是說世事隨時變化，如同轉燭一樣。

〔二〕『飄蓬』，『蓬』，草名，秋枯根拔，隨風飄轉。

〔三〕『斜暉』，斜陽。

【校勘】

這詞並見《陽春集》。《花草粹編》作馮延巳作;《全唐詩》、《歷代詩餘》均作後主作。

「逝水」,《花草粹編》作「遊水」,當係誤刊。

「映花」,《陽春集》、《花草粹編》、劉補本均作「蔭花」。

開元樂

心事數莖白髮,生涯一片青山。空山有雪相待,野路無人自還。

【校勘】

唐圭璋箋:「此詞見《蘇東坡集》,邵本有之。」

附錄一 檃括詞

臨江仙 補李後主詞

劉衮

櫻桃結子春歸盡，蝶翻金粉雙飛。子規啼月小樓西。玉鉤羅幕，惆悵卷金泥。門巷寂寥人去後，望殘煙草低迷。何時重聽玉驄嘶。撲簾飛絮，依約夢回時。

水調歌頭 感南唐故宫檃括後主詞

白樸

南郊舊壇在，北渡昔人空。殘陽澹澹無語，零落故王宫。前日雕闌玉砌，今日遺臺老樹，尚想霸圖雄。誰謂埋金地，都屬賣柴翁？ 慨悲歌，懷故國，又東風。不堪往事多少，回首夢魂同。借問春花秋月，幾换朱顔緑鬢，荏苒歲華終。莫上小樓上，愁滿月明中。

附録二　李璟李煜詞評精選

李璟

《山花子》(菡萏香消翠葉殘)：　選聲配色，恰是詞語。

李煜

獨江南李氏君臣尚文雅，故有『小樓吹徹玉笙寒』；『吹皺一池春水』之詞，語雖奇甚，所謂亡國之音哀以思也！

——李清照《詞論》

後主目重瞳子，樂府爲宋人一代開山。

——胡應麟《詩藪》

花間之詞，如古玉器，貴重而不適用，宋詞適用而少質重，後主兼有其美，饒烟水迷離之致。

——納蘭性德《淥水亭雜説》

李後主詞如生馬駒，不受控捉。毛嬙、西施，天下美婦人也，嚴妝佳，淡妝亦佳，粗服亂頭不掩國色。飛卿，嚴妝也；端己，淡妝也；後主，則粗服亂頭矣。

——周濟《介存齋論詞雜著》

《相見歡》（無言獨上西樓）：詞之妙處，亦别是一般滋味。

《浪淘沙》（簾外雨潺潺）：高妙超脱，一往情深。

《虞美人》（春花秋月何時了）：常語耳，以初見故佳，再學便濫矣。朱顔本是山河，因歸宋不敢言耳。若直説山河改，反又淺也。結亦恰到好處。

——王闓運《湘綺樓説詞》

蓬峰居士詞，超逸絶倫，虚靈在骨。……以謂詞中之帝，當之無愧色也。

——王鵬運《半塘老人遺稿》

詞至李後主而眼界始大，感慨遂深，遂變伶工之詞而爲士大夫之詞。

——王國維《人間詞話》

附録三　李璟李煜詩

李璟詩

遊後湖賞蓮花 一作李煜詩

蓼花蘸水火不滅，水鳥驚魚銀梭投。滿目荷花千萬頃，紅碧相雜敷清流。孫武已斬吳宮女，琉璃池上佳人頭。

保大五年元日大雪同太弟景遂汪王景逷齊王景達進士李建勳中書徐鉉勤政殿學士張義方登樓賦

珠簾高卷莫輕遮，往往相逢隔歲華。春氣昨宵飄律管，東風今日放梅花。素姿好把芳姿掩，落勢還同舞勢斜。坐有賓朋尊有酒，可憐清味屬儂家。

句

靈槎思浩蕩，老鶴倚崆峒。

蒼苔迷古道，紅葉亂朝霞。

棲鳳枝梢猶軟弱，化龍形狀已依稀。

——以上《全唐詩》卷八

李煜詩

九月十日偶書

晚雨秋陰酒乍醒，感時心緒杳難平。黄花冷落不成豔，紅葉颼飀競鼓聲。背世返能厭俗態，偶緣猶未忘多情。自從雙鬢斑斑白，不學安仁卻自驚。

秋鶯

殘鶯何事不知秋，横過幽林尚獨遊。老舌百般傾耳聽，深黄一點入烟流。棲遲背世同悲魯，瀏亮如笙碎在緱。莫更留連好歸去，露華淒冷蓼花愁。

病起題山舍壁

山舍初成病乍輕，杖藜巾褐稱閒情。爐開小火深回暖，溝引新流幾曲聲。暫約彭涓安朽質，終期宗遠問無生。誰能役役塵中累，貪合魚龍構强名。

送鄧王二十弟從益牧宣城

且維輕舸更遲遲，别酒重傾惜解攜。浩浪侵愁光蕩漾，亂山凝恨色高低。君馳檜楫情何極，我憑闌干日向西。咫尺烟江幾多地，不須懷抱重淒淒。

渡中江望石城泣下

江南江北舊家鄉，三十年來夢一場。吳苑宫闈今冷落，廣陵臺殿已荒凉。雲籠遠岫愁千片，雨打歸舟淚萬行。兄弟四人三百口，不堪閒坐細思量。

按：《全唐詩》題下注云：『《江表志》作吳讓皇楊溥詩，題作《泰州永寧宫》。第四句「殿」，《十國春秋》作「榭」，第五、六二句爲「烟凝楚岫愁千點，雨滴吳江淚萬行。」末句「閑坐」作「端坐」。』

挽辭

珠碎眼前珍，花凋世外春。未銷心裏恨，又失掌中身。玉笥猶殘藥，香奩已染塵。前哀將後感，無淚可沾巾。

豔質同芳樹，浮危道略同。正悲春落實，又苦雨傷叢。穠麗今何在，飄零事已空。沈沈無問處，千載謝東風。

悼詩

永念難消釋，孤懷痛自嗟。雨深秋寂莫，愁引病增加。咽絕風前思，昏濛眼上花。空王應念我，窮子正迷家。

感懷

又見桐花發舊枝，一樓烟雨暮淒淒。憑闌惆悵人誰會，不覺潸然淚眼低。
層城無復見嬌姿，佳節纏哀不自持。空有當年舊烟月，芙蓉城上哭蛾眉。

梅花

殷勤移植地，曲檻小闌邊。共約重芳日，還憂不盛妍。阻風開步障，乘月溉寒泉。誰料花前後，蛾眉卻不全。
失卻烟花主，東君自不知。清香更何用，猶發去年枝。

書靈筵手巾

浮生共憔悴，壯歲失嬋娟。汗手遺香漬，痕眉染黛烟。

書琵琶背

侁自肩如削，難勝數縷縧。天香留鳳尾，餘煖在檀槽。

病中感懷

憔悴年來甚，蕭條益自傷。風威侵病骨，雨氣咽愁腸。夜鼎唯煎藥，朝髭半染霜。前緣竟何似，誰與問空王。

病中書事

病身堅固道情深，宴坐清香思自任。月照靜居唯擣藥，門扃幽院只來禽。庸醫懶聽詞何取，小婢將行力未禁。賴問空門知氣味，不然煩惱萬塗侵。

賜宮人慶奴

風情漸老見春羞，到處消魂感舊遊。多謝長條似相識，强垂烟態拂人頭。

題金樓子後并序

梁元帝謂，王仲宣昔在荆州，著書數十篇。荆州壞，盡焚其書，今在者一篇。知名之士咸重之。見虎一毛，不知其斑。後西魏破江陵，帝亦盡焚其書，曰：『文武之道，盡今夜矣。』何荆州壞焚書二語，先後一轍也。詩以慨之。

牙籤萬軸裹紅綃，王粲書同付火燒。不于祖龍留面目，遺篇那得到今朝。

句

迢迢牽牛星，杳在河之陽。粲粲黄姑女，耿耿遥相望。《癸辛雜識》

鶯狂應有恨，蝶舞已無多。《落花》。《老學庵筆記》

揖讓月在手，動搖風滿懷。《詠扇》。《石林燕語》

病態如衰弱，厭厭向五年。以下《律髓注》

衰顔一病難牽復，曉殿君臨頗自羞。

冷笑秦皇經遠略，靜憐姬滿苦時巡。

鬢從今日添新白，菊是去年依舊黄。以下《翰府名談》

萬古到頭歸一死，醉鄉葬地有高原。

人生不滿百，剛作千年畫。《野客叢談》

日映仙雲薄，秋高天碧深。《海録碎事》

烏照始潛輝，龍燭便爭秉。以下《孔帖》

凝珠滿露枝。

遊颸日已西，肅穆寒初至。

九重開扇鵠，四牖炳燈魚。

羽觴無算酌。

傾盌更爲壽，深巵遞酬賓。

——以上《全唐詩》卷八

金銅蟾蜍硯滴銘

舍月窟，伏棐几，爲我用，貯清泚。端溪石，澄心紙，陳玄氏，毛錐子。微我潤澤烏用汝，同列無嘩聽驅使。

——《五代詩話》卷一

句

未能歸去大道場。

——宋张敦頤《六朝事迹編類·寺院門第十一》

附錄四 李璟李煜文

李璟文

恤民詔

《春秋》，日食地震，星孛木冰，感召靡爽。比災異頻仍，豈人君不德以致之耶？抑亦天心仁愛而譴告之也？朕甚惕焉。曩者兵連閩越，武夫悍將，不喻朕意，務爲窮黷，以至父征子餉，上違天意，下奪農時，咎將誰執？在予一人。其大赦境内，窮民無告者，咸賜粟帛。

賜周宗詔

崧嶽降靈，誕生良弼，佐我先朝，施及朕躬，尚賴保釐，底於成績，乃遽爾請罷，豈朕不能優禮勳舊而致然也？昔蕭何守巴蜀，高祖無西顧之患，寇恂守河内，光武無分民之嫌，今任公以何恂之事，宜强飯扶力，以副朕意。於嘻！國之安危，惟兹淮甸，慎始成終，非公而誰？所請宜不允。

上周世宗第一表

臣聞舍短從長，乃推通理；以小事大，著在格言。實徵自古之來，即有爲臣之禮。既逢昭代，幸履良途。伏惟皇帝陛下體上聖之姿，膺下武之運，協一千而命世，繼八百以卜年。化被區中，恩加海外，虎步則時欽英主，龍飛則圖應真人。臣僻在一方，謬承餘業，比徇軍民之欲，乃居后辟之崇，雖仰慕華風，而莫通上國。伏自初勞將帥，遠涉封疆，叙寸誠則去使甚艱，於閑路則單函兩獻。載惟素願，方俟睿慈。遽審大駕天臨，六師雷動，猥以遐陬之俗，親爲跋履之行，循省伏深，兢畏無所，豈因薄質，有累蒸人。伏惟皇帝陛下義在寧民，心惟庇物，臣倘或不思信順，何以上協寬仁？今則仰望高明，俯存億兆，虔將下國，永附天朝。已命邊城，各令固守，見於諸路，皆俾戢軍。仰期宸旨纔頒，當發專人布告。伏冀詔虎賁而歸國，巡雉堞以迴兵，萬乘千官，免驅馳於原隰，地征土貢，常奔走於歲時。質在神明，誓於天地。庶使閩境荷咸寧之德，大君有光被之功。凡在照臨，孰不歸慕？謹令翰林學士戶部侍郎臣鍾謨、工部侍郎文理院學士臣李德明奉表以聞，仍進金器一千兩，銀器五千兩，錦綺綾羅二千匹，及御衣、犀帶、茶茗、藥物等，又進犒軍牛五百頭，酒二千石。

上周世宗第二表

伏自上將遠臨，六師尋至，始貢書於閑道，旋奉表於行宮，虔仰天光，實祈睿旨。伏聞朝陽委照，爝火收光，春雷發音，蟄戶知令。惟變通之有在，則去就以斯存，所以徘徊下風，瞻望時雨，載傾捧日，輒敘攀鱗。伏惟皇帝陛下受命上元，門階中立，仗武功而戡亂略，敷文德以化遠人，故得九鼎應基，復昌於寶位；十年嘉運，允正於璿衡。實帝道之昭融，知真人之有立。臣幸因順動，敢慕文明，特遣翰林學士尚書戶部侍郎臣鍾謨、尚書工部侍郎文理院學士臣李德明同奉表章，且申獻贄，請從臣事，仍備歲輸，冀闔境之咸寧，識人君之廣覆，不遙日下，恭達御前，既推向化之誠，更露繇衷之願。臣伏念天祐之後，率土分摧，或跨據江山，或革遷朝代，皆爲司牧，各拯黎元。臣繇是克嗣先基，獲安江表，誠以瞻烏未定，附鳳何從。今則青雲之候明懸，白水之符斯應，仰祈聲教，俯被遐方。豈可遠動和鑾，上勞薄伐，有拒懷來之德，非誠信順之心？臣自遣鍾謨、李德明入奏天朝，具陳懇款，便於水陸，皆戢兵師，方冀寬仁，下安億兆。旋進歷陽之旌旆，又屯隋苑之車徒。緣臣既寫傾依，悉曾止約，令罷警嚴之備，不爲捍禦之謀。其或皇帝陛下未息雷霆，靡矜葵藿，人當積懼，眾必貪生，若接前鋒，偶成小競，在其非敵，固亦可知。但以無所爲圖，出於不獲，必於軍庶，重見傷殘，豈唯瀆大君亭育之慈，抑乃增下臣咎釁之責。進退維谷，夙夜靡遑。臣復思東則會稽，南惟湘楚，盡承正朔，俾主封疆，自皇帝陛下允屬天飛，方知海納，雖無外之化，徒仰祝於皇風，而事大之儀，闕卑通於疆吏，惟憑元造，猥念後期。方今八表未同，一戎茲始，倘或首於下國，許作外臣，則柔遠之風，其誰不服？　無戰之勝，自古獨高。臣幸與黎人，共依聖政。蚩蚩之俗，期息於江淮；　蕩蕩之風，廣流於華裔。永將菲薄，長奉欽明，白日誓心，皇天可質，虔輸肺腑，上祈冕旒，仰俟聖言，以聽朝命。今遣守司空臣孫晟、守禮部尚書臣王崇質部署宣給軍士物，上進金一千兩，銀十萬兩，羅綺二千匹。

謝遣王崇質等歸國表

臣叨居舊邦，獲嗣先業。聖人有作，曾無先見之明；　王祭弗供，果致後時之責。六龍電邁，萬騎雲屯，舉國震驚，群臣惴悚，遂馳下使，徑詣行宮，乞停薄伐之師，請預外臣之籍。天聽懸邈，聖問未回，通宵九驚，一食三歎。繇是繼飛密表，再遣行人，敘江河羨海之心，指葵藿向陽之意。皇帝陛下自天生德，命世應期，含容每法於方輿，亭育不遺於下國。先令副介，密導宸慈，綸旨優隆，乾文炳煥。仰認懷來之道，喜則可知；　深惟事大之言，服之無斁。

進奉錢絹茶米等表

臣聞盟津初會，仗黃鉞以臨戎；　銅馬既歸，推赤心而服眾。一則顯周君之雄武，一則表漢后之仁慈，用能定大業於一戎，紹洪基於四百，兼資具美，允屬聖君。伏惟皇帝陛下量包終古，聖合上元，子育黎民，風行號令。以其執迷未復，則薄賜徂征，以其向化知歸，則俯垂信納。仰荷含容之施，彌堅傾附之念。然以淮海遐陬，東南下國，親勞翠蓋，久駐王師，以是憂慚，不遑啟處。今既六師返旆，萬乘還京，合申解甲之儀，粗表充庭之實。但以自經保境，今已累年，供給既繁，困虛頗甚，曾無厚幣，可達深誠。然又思內附已來，聖慈益厚，雖在照臨之下，有如骨肉之恩，縱悉力以貢輸，終厚顏於微鮮，今有少物色，以備宣給軍士。謹遣左僕射平章事臣馮延巳、給事中臣田霖部署上進。

進買宴錢第一表

臣聞聖人制禮，重尊奬之心；王者會朝，宗燕享之事。是以此日，輒薦微誠。竊以臣幸能迷復，方認懷來，決心既嚮皇風，注目每瞻於清蹕。伏自陪臣入奏，帝誥薦臨，頓安下國之生靈，俱荷大君之化育。雖復尋令宰輔，專拜冕旒，少傾貢奉之儀，仰答含容之德，然臣靜思內附，欣奉至尊，既推示其赤心，又迴隆於乃睠，豈將常禮，可表深衷？是以別命使臣，更伸誠懇，俾展犒師之禮，仍陳買宴之儀。躬詣行朝，聊資高會，庶盡傾於臣節，如得面於天顏。伏惟皇帝陛下承天子民，溥恩廣施，四海識真人之應，萬方知王澤之深，固以包括古今，絲綸典則，盛矣美矣，無得而稱。凡仰照臨，孰不歡悦？今遣客省使臣尚全恭專詣行闕，進獻犒軍買宴物色。

進買宴錢第二表

臣幸將下國，仰奉聖朝，特沐睿慈，俯垂開納，已陳尠禮，請展御筵，因思盡竭於深衷，是敢別陳於至懇。伏以柏梁高會，宸極居尊，朝臣咸侍於冕旒，天樂盛張於金石，莫不競輸庭實，齊獻壽盃。而臣僻處遐陬，迥承乃睠，雖心存於魏闕，奈日遠於長安，無繇親咫尺之顏，何以罄勤拳之意？遂令戚屬，躬拜殿庭，庶代外臣，獲參執事，納忠則厚，致禮甚微，誠慚野老之芹，願獻華封之祝。謹差臨汝郡公臣徐遼部署宴上進獻物色詣闕。

請令鍾謨歸國表

臣謬承先業，僻在一隅，不識天命，得罪上國，困而後伏，何足可多？許以不亡，臣之幸也。豈意皇帝陛下辱異常之顧，垂不世之私，外雖君臣，內若骨肉，殊恩異禮，無得而言，退日揣循，何階及此？且古人有一飯之恩必報，臣竊慕之。故自結髮已來，未嘗敢輕受人惠，雖往事君父，亦嘗以退讓自居。不圖今辰，頓受殊遇，此臣所以朝夕慚恨，恐上報之無從也。然天地之功厚矣，父母之恩深矣，而子不謝恩於父，人且何報於天？以此思之，則惟有赤心，可酬大造。況臣嘗嗟世網，別貯素懷，方以子孫託於陛下，區區之意，可勝言哉？兼臣比乞鍾謨過江，蓋有情事上告，鍾謨又已奉聖旨，許其放迴，伏乞纔到京師，即令單騎歸國，庶於所奏，早奉敕裁，瞻望冕旒，不勝懇禱。

請改書稱詔表

臣聞天秩有禮，位已定於高卑；王者無私，事必循於軌轍。倘臣下稍逾名分，則朝廷實紊等夷，情所難安，理須上訴。竊以臣比承舊制，有昧先機，勞萬乘之時巡，方傾改事，慶千年之嘉會，固已知歸。伏惟皇帝陛下稟上聖之姿，有高世之行，囊括四海，澤潤生民，明目達聰，道款有截，東征西怨，化被無垠，已觀混一之期，即仰登封之盛。而臣爰從款附，屢奉德音，陛下煦嫗情深，優容義切，全卻藩方之禮，惟頒咫尺之書，粵在事初，便知恩遇。向者未遑堅讓，今茲敢瀝至誠。且臣頃以德薄道乖，時危事蹙，獻誠以奉陛下，請命以庇國人，獲保先基，賜之南服，莫大之惠，曠古未聞，微臣退思，所享已極，豈於殊禮，可以久當？伏乞皇帝陛下深鑒卑衷，終全舊制，凡迴誥命，乞降詔書，庶無屈於至尊，且稍安於遠服。乃心懇禱，無所寄言。

上漢帝書

先因河府李守貞求援，又聞大國沿淮屯軍，當國亦於境上防備，昨聞大朝收軍，當國尋已徹備，其商旅請依舊日通行。

奉大周皇帝書

願陳兄事，永奉鄰歡，設或俯鑒遠圖，下交小國，悉班卒乘，俾乂蒼黔，慶雞犬之相聞，奉瓊瑤以爲好，必當歲陳山澤之利，少助軍旅之須，虔俟報章，以答高命，道塗朝坦，禮幣夕行。

——以上《全唐文》卷一二八

李煜文

送鄧王二十六弟牧宣城序

秋山的翠，秋江澄空，揚帆迅征，不遠千里，之子于邁，我勞如何？夫樹德無窮，太上之宏規也；立言不朽，君子之常道也。今子藉父兄之資，享鍾鼎之貴，吳姬趙璧，豈吉人之攸寶？矧子皆有之矣。哀淚甘言，實婦女之常調，又我所不取也。臨歧贈別，其唯言乎，在原之心，於是而見。噫！俗無獷順，愛之則歸懷；吏無貞汙，化之可彼此。刑唯政本，不可以不窮不親；政乃民中，不可以不清不正。執至公而御下，則儉佞自除；察薰蕕之稟心，則妍媸何惑？武惟時習，知五材之難忘；學以潤身，雖三餘而忍舍。無酣觴而敗度，無荒樂以蕩神，此言勉從，庶幾寡悔。苟行之而願益，則有先王之明謨，具在於緗帙也。

嗚呼！老兄盛年壯思，猶言不成文，況歲晚心衰，則詞豈迨意？方今涼秋八月，鳴根長川，愛君此行，高興可盡。況彼敬亭溪山，暢乎遐覽，正此時也。

——《全唐文》卷一百二十八

即位上宋太祖表

臣本於諸子，實愧非才，自出膠庠，心疏利祿。被父兄之蔭育，樂日月以優游，思追巢、許之餘塵，遠慕夷、齊之高義。繼傾懇悃，上告先君，固匪虛詞，人多知者。徒以伯仲繼沒，次第推遷，先世謂臣克習義方，既長且嫡，俾司國事，遽易年華。及乎暫赴豫章，留居建業，正儲副之位，分監撫之權，懼弗克堪，常深自勵。不謂奄丁艱罰，遂玷纘承，因顧肯堂，不敢滅性。然念先世君臨江表垂二十年，中間務在倦勤，將思釋負。臣亡兄文獻太子從冀將從內禪，已決宿心，而世宗敦勸既深，議言因息。及陛下顯膺帝籙，彌篤睿情，方誓子孫，仰酬臨照。則臣向於脫屣，亦匪邀名，既嗣宗祊，敢忘負荷。唯堅臣節，上奉天朝。若曰稍易初心，輒萌異志，豈獨不遵於祖禰，實當受譴於神明。方主一國之生靈，遐賴九天之覆燾。況陛下懷柔義廣，煦嫗仁深，必假清光，更逾曩日。遠憑帝力，下撫舊邦，克獲宴安，得從康泰。

然所慮者，吳越國鄰於敝土，近似深讎，猶恐輒向封疆，或生紛擾。臣即自嚴部曲，終不先有侵漁，免結釁嫌，撓干旒扆。仍慮巧肆如簧之舌，仰成投杼之疑，曲構異端，潛行詭道。願迴鑒燭，顯諭是非，庶使遠臣得安危懇。

——清吳任臣《十國春秋》卷十七

卻登高文

玉斝澄醪，金盤繡餻。茱房氣烈，菊蕊香豪。左右進而言曰：『惟芳時之令月，可藉野以登高，矧上林之伺幸，而秋光之待褒乎？』予告之曰：『昔予之壯也，意如馬，心如猱，情槃樂恣，驩賞忘勞。悁心志於金石，泥花月於詩騷。輕五陵之得侶，陋三秦之選曹。量珠聘妓，紉綵維艘。被牆宇以耗帛，論丘山而委糟。年年不負登臨節，歲歲何曾捨逸遨。小作花枝，金剪菊長，裁羅被，翠爲袍。豈知萑葦乎性，忘長夜之靡靡；宴安其毒，累大德於滔滔。今予之齒老矣，心悽焉而忉忉。愴家艱之如燬，縈離緒之鬱陶。陟彼岡兮跂予足，望復關兮睇予目，原有鴒兮相從飛，嗟予季兮不來歸。空蒼蒼兮風淒淒，心躑躅兮淚漣洏。無一驩之可作，有萬緒以纏悲。於戲噫嘻！爾之告我，曾非所宜。』

——宋陸游《南唐書》卷十六

昭惠周后誄

天長地久，嗟嗟蒸民。嗜欲既勝，悲歎糾紛。緣情攸宅，觸事來津。貲盈世逸，樂尠愁殷。沈烏逞兔，茂夏凋春。年彌念曠，得故亡新。闕景頹岸，世閲川奔。外物交感，猶傷昔人。詭夢高唐，誕誇洛浦。構屈平虚，亦憫終古。況我心摧，興哀有地。蒼蒼何辜，殲予伉儷？窈窕難追，不禄于世。玉潤珠融，殞然破碎。柔儀俊德，孤映鮮雙。纖穠挺秀，婉孌開揚。豔不至冶，慧或無傷。盤紳奚誡，慎肅惟常。環珮爰節，造次有章。含顰發笑，擢秀騰芳。鬢雲留鑒，眼彩飛光。情瀾春媚，愛語風香。瓌姿稟異，金冶昭祥。婉容無犯，均教多方。茫茫獨逝，捨我何鄉？昔我新婚，燕爾情好。媒無勞辭，筮無違報。歸妹邀終，咸爻協兆。俛仰同心，綢繆是道。執子之手，與子偕老。今也如何？不終往告。嗚呼哀哉！

志心既達，孝愛克全。殷勤柔握，力折危言。遺情眄眄，哀淚漣漣。何爲忍心，覽此哀編。絶豔易凋，連城易脆。實曰能容，壯心是醉。信美堪餐，朝饑是慰。如何一旦，同心曠世。嗚呼哀哉！

豐才富藝，女也克肖。采戲傳能，奕碁逞妙。媚動占相，歌縈柔調。兹鼗爰質，奇器傳華。翠虬一舉，紅袖飛花。情馳天際，思棲雲涯。發揚掩抑，纖緊洪奢。窮幽極致，莫得微瑕。審音者仰止，達樂者興嗟。曲演來遲，破傳邀舞。利撥迅手，吟商逞羽。制革常調，法移往度。剪遏繁態，藹成新矩。霓裳舊曲，韜音淪世。失味齊音，猶傷孔氏。故國遺聲，忍乎湮墜。我稽其美，爾揚其祕。程度餘律，重新雅製。非子而誰，誠吾有類。今也則亡，永從遐逝。嗚呼哀哉！

該茲碩美，鬱此芳風。事傳遐禩，人難與同。式瞻虛館，空尋所蹤。追悼良時，心存目憶。景旭雕甍，風和繡額。燕燕交音，洋洋接色。蝶亂落花，雨晴寒食。接輦窮歡，是宴是息。含桃薦實，畏日流空。林彫晚籜，蓮舞疎紅。烟輕麗服，雪瑩修容。纖眉範月，高髻凌風。輯柔爾顏，何樂靡從？蟬響吟愁，槐凋落怨。四氣窮哀，萃此秋晏。我心無憂，物莫能亂。絃爾清商，豔爾醉盼。情如何其，式歌且宴。寒生蕙幄，雪舞蘭堂。珠籠暮捲，金爐夕香。麗爾渥丹，婉爾清揚。猒猒夜飲，予何爾忘。年去年來，殊歡逸賞。不足光陰，先懷悵怏。如何倏然，已爲疇曩。嗚呼哀哉！

孰謂逝者，荏苒彌疎？我思姝子，永念猶初。愛而不見，我心燬如。寒暑斯疚，吾寧御諸？嗚呼哀哉！

萬物無心，風烟若故。唯日唯月，以陰以雨。事則依然，人乎何所？悄悄房櫳，孰堪其處。嗚呼哀哉！

佳名鎮在，望月傷娥。雙眸永隔，見鏡無波。皇皇望絶，心如之何？草樹蒼蒼，哀摧無際。歷歷前歡，多多遺致。絲竹聲悄，綺羅香杳。想渙乎忉怛，恍越乎悴憔。嗚呼哀哉！

歲云莫兮，無相見期。情瞀亂兮，誰將因依。維昔之時兮亦如此，維今之心兮不如斯。嗚呼哀哉！

神之不仁兮，斂怨爲德。既取我子兮，又毁我室。鏡重輪兮何年？蘭襲香兮何日？嗚呼哀哉！

天漫漫兮愁雲曀，空曖曖兮愁烟起。娥眉寂寞兮閉佳城，哀寢悲氛兮竟徒爾。嗚呼哀哉！

日月有時兮龜蓍既許，簫笳淒咽兮旂常是舉。龍輀一駕兮無來轅，金屋千秋兮永無主。嗚呼哀哉！

木交枸兮風索索，鳥相鳴兮飛翼翼。弔孤影兮孰我哀？私自憐兮痛無極。嗚呼哀哉！

夜寤皆感兮何響不哀，窮求弗獲兮此心隳摧。號無聲兮何續？神永逝兮長乖。嗚呼哀哉！

杳杳香魂，茫茫天步。抆血撫櫬，邀子何所？苟雲路之可窮，冀傳情於方士。嗚呼哀哉！

——宋馬令《南唐書》卷六

乞緩師表

臣猥以幽孱，曲承臨照，僻在幽遠，忠義自持，唯將一心，上結明主，比蒙號召，自取愆尤。王師四臨，無往不克，途窮道迫，天實爲之。北望天門，心懸魏闕。嗟一城生聚，吾君赤子也；微臣薄軀，吾君外臣也。忍使一朝，便忘覆育，號咷鬱咽，盍見捨乎？臣性實愚昧，才無異禀，受皇朝奬與，首冠萬方，奈何一日自踵蜀漢不臣之子，同羣合類而爲囚虜乎？貽責天下，取辱祖先，臣所以不忍也。豈獨臣不忍爲，亦聖君不忍令臣之爲也。況乎名辱身毁，古人之所嫌畏者也。人所嫌畏，臣不敢不嫌畏也。惟陛下寬之赦之。臣又聞鳥獸微物也，依人而猶哀之，君臣大義也，傾忠能無憐乎？儻令臣進退之跡，不至醜惡，宗社之失，不自臣身，是臣死生之願畢矣，實存没之幸也。豈惟存没之幸也，實舉國之受賜也。豈惟舉國之受賜也，實天下之鼓舞也。皇天后土，實鑒斯言。

——宋王偁《東都事略》卷二十三

不敢再乞潘慎修掌記室手表

昨因先皇臨御，問臣頗有舊人相伴否，臣即乞徐元楀。元楀方在幼年，於牋表素不諳習，後來因出外，問得劉鋹曾乞得廣南舊人洪侃。今來已蒙遣到徐元楀，其潘慎修更不敢陳乞。所有表章，臣且勉勵躬親。臣亡國殘骸，死亡無日，豈敢別生僥覬，干撓天聰？只慮章奏之間，有失恭慎，伏望睿慈，察臣素心。

——宋王銍《四六話》卷下

書評

善法書者，各得右軍之一體。若虞世南得其美韻而失其俊邁，歐陽詢得其力而失其溫秀，褚遂良得其意而失其變化，薛稷得其清而失于窘拘，顏真卿得其筋而失于粗魯，柳公權得其骨而失于生獷，徐浩得其肉而失于俗，李邕得其氣而失于體格，張旭得其法而失于狂，獨獻之俱得之而失于驚急，無蘊藉態度。

——宋樓鑰《攻媿集》卷六十九

遺吳越王書

今日無我，明日豈有君？　一旦明天子易地賞功，王亦大梁一布衣耳。（陸游《南唐書》卷三）

答張泌諫書手批

古人讀書，不止爲詞賦口舌也。委質事人，忠言無隱，斯可謂不辱士君子之風矣。朕纂承之始，德政未敷，哀毁之中，智慮荒亂，深虞布政設教，有不足仰嗣先皇，下副民望。卿居下位，而首進讜謀，十事焕美，可舉而行。朕必善初而思終，卿無今直而後佞，其中事件，亦有已於赦書處分者。二十八日。（《江表志》卷三）

批韓熙載奏

言嫣而辨，古人惡之。熙載俸有常秩，錫賚尚優，而謂廚無盈日，無乃過歟！（馬令《南唐書》卷十三）

書述

壯歲書亦壯，猶嫖姚十八從軍，初擁千騎，憑陵沙漠，而日無全虜。又如夏雲奇峰，畏日烈景，縱橫炎炎，不可向邇，其任勢也如此。老來書亦老，如諸葛亮董戎，朱睿接敵，舉板與自隨，以白羽麾軍，不見其風骨，而毫素相適，筆無全鋒。噫！壯老不同，功用則異，惟所能者可與言之。又云：書有八字法，謂之撥鐙。自衛夫人並鍾、王傳授於歐、顔、褚、陸等，流於此日，然世人罕知其道者。孤以幸會，得受誨於先王。奇哉是書也，非天賦其性，口受要訣，然後研功覃思，則不空其奥妙，安得不秘而寶之。所謂法者，擫、壓、鉤、揭、抵、拒、導、送也。此字亦有顔公真卿墨蹟尚存於世。余恐將來學者，無所聞焉，故聊記之。擫者，擫大指骨上節下端，用力欲直，如的千鈞。壓者，捺食指著中節旁。鉤者，鉤中指著指尖，鉤筆令向下。揭者，揭名指著指爪肉之間，揭筆令向上。抵者，名指揭筆，中指抵住。拒者，中指鉤筆，名指拒定。導者，小指引名指過右。送者，小指送名指過左。（陳思《書苑精華》卷二十）

——以上《唐文拾遺》

增訂版後記

詹安泰先生（一九〇二—一九六七），字祝南，號無盦，廣東饒平人。一九三八年，經陳中凡先生推薦，破格聘爲中山大學中文系教授。詩詞兼善，著有《鷦鷯巢詩集》、《無盦詞》。被譽爲『南中國士』、『嶺南詞宗』，與夏承燾、唐圭璋、龍榆生並稱『民國四大詞人』。研究著作豐富，尤以詞學研究爲卓著，是系統詳論『詞學學』第一人，有《花外集箋注》、《碧山詞箋注》、《姜詞箋解》、《宋人題詞集錄》、《溫詞管窺》、《詞學研究十二論》、《宋詞散論》等。

一九五八年三月，詹安泰先生整理的《李璟李煜詞》一书由人民文學出版社出版，後有多次重印。全書包括前言、詞作、注釋、賞析、校勘、附錄。前言討論了李璟李煜所處的時代大局面，以及南唐李氏家族內部的變遷，細緻而微地分析了李璟李煜詞的具體表現和特殊風格，是一篇高屋建瓴式的絕佳導讀。本書以沈刻王國維校補南詞本（《晨風閣叢書》本）爲底本，校以影寫呂刻本、侯刻本、粟香室覆侯本、《全唐詩》本，以及有關二主詞的各個專集、選本、詞話、筆記等，校勘方法豐富，精審恰切。注釋精到翔實，賞析體貼入微，附錄相關典實故事，從不同層面提供了背景資料。有學者通過分析該書，總結說：『詹安泰編注的詞集既具有文獻學價值及實踐應用價值，也有詞學批評價值，對建構完整詞學體系富有積極意義。』

本次再版，除了訂正若干文字訛誤之外，增加了附錄的內容：（一）附錄二：李璟李煜詞評精選；（二）附録三：李璟李煜詩；（三）附録四：李璟李煜文。附録二可以作爲讀者閲讀二主詞的借鏡。李璟李煜詩文，與詞一樣，是他們生活的存照，從不同層面反映了他們曾經的生活，傳達了他們喜怒哀樂的内心世界，適足以作爲閲讀二主詞的重要參閲的内容。本書近乎收録了李璟李煜的全部作品（參考了《全唐詩》、《全唐文》等；輯録李煜文時考慮出處最早或版本最佳，並按時間先後做了編排。凡輯録皆注明出處），稱得上《李璟李煜全集》。希望經過本次增訂，有助於讀者對李璟李煜詞及其他作品的理解。

增訂過程中，一定還有一些不足，希望廣大讀者不吝指正。

人民文學出版社編輯部

二〇一九年十二月二十日